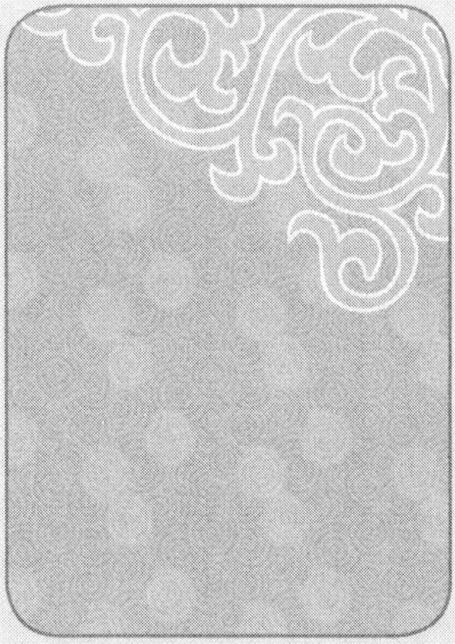

Sunny文庫
196

唐宋才女詩詞小傳

張覔◎著

前言

中國女性文學創作源遠流長，早在先秦《詩經》之中，就有女詩人的吟唱之聲。雖然在幾千年的封建社會裡，由於「女子無才便是德」、「內言不出於閫」等男權思想的影響，女性才智受到了重重約束，但仍湧現了一批具有詩心巧慧、敢於用手中的筆，來眞實表達自己的思想與情感的女作家。她們從女性視角來反映女性的歡喜與悲苦，標誌著女性主體意識的漸漸覺醒，並以其超凡才氣與敏捷才思，發出了屬於女性自己的聲音。

漢魏時期形成了中國女性文學創作的第一個高峰。西漢初年，漢高祖的皇后呂后、漢景帝的母親竇太后先後干政，因政治需要，後宮女子必須具備一定才學，接受一定教育，這使得宮廷才女在漢魏頗受重視。這一期間所湧現的唐山夫人、戚夫人、班婕妤、班昭、左棻等不少才女都是宮廷女詩人，她們專注於詩歌創作，尤其是五言詩的創作，成就頗高。以班婕妤爲例，她所作的《團扇歌》就成爲了「宮怨詩」的代表之作，清代詩學家評其「用意微婉，音韻和平」。她的家信《報諸侄書》，被認爲是至今可考的、中國古代女性所寫的第一篇文學批評專論，體現了她「推誠寫實」的文學主張。當然除了宮廷才女之外，這個時期還出現了來自社會各個階層的女詩人，如被稱爲有「詠絮之才」的謝道韞、寫成盤中詩的蘇伯玉妻、玲瓏巧心製出瑩心耀目的《璿璣圖》的蘇蕙等，但是她們中的很多只有一首或幾首詩傳世，有的連名字都沒有流傳下來，或者只有姓沒有名，或者冠以「某某妻」的稱呼。

唐代是一個盛產詩歌的朝代，產生了諸多光輝燦爛的詩篇，也產生了大量女詩人。上至女皇、皇后、女官、宮人，如武則天、長孫皇后、上官婉兒、開元宮人、天寶宮人等，下到普通百姓，如唐代四大才女薛濤、魚玄機、劉采春、李季蘭，以及姓名已不可考的七歲女子、十三歲的楊容華等，都有光彩照人的詩篇傳世。《全唐詩》所記載的女性作家就有一百多位，詩歌有六百多首。唐代女性地位較高，因此女性寫作自由度較大，她們的寫作視野與寫作題材也較前代廣闊，除了抒懷詠物，書寫自己的生命體驗之外，還歎興亡、感時事、寫民俗，筆觸或豪邁瀟灑，或細膩婉轉。如鮑君徽的《關山月》、花蕊夫人的《述亡國詩》、張夫人的《拜新月》等。唐代女詩人還在古代女性詩學批評史上，首先使用了「以詩論詩」這種文學批評形式，也就是論詩詩。薛濤的一些贈答之作，就有評價對方的詩歌才情或敘述自己的創作體會的內容：「浩思藍山玉彩寒，冰囊敲碎楚金盤。詩家利器馳聲久，何用春闈榜下看。」唐代女詩人已經有了女性主體意識的初步覺醒，魚玄機就自負才情，期待有一展所長的平臺，渴望和男子一般建功立業，卻知此想法不可能實現，因此慨然長歎：「雲峰滿目放春晴，歷歷銀鉤指下生。自恨羅衣掩詩句，舉頭空羨榜中名。」

宋代女性文學發展到了一個新的高峰，誕生了如宋代四大才女李清照、朱淑眞、張玉娘、魏夫人這樣才華橫溢、詩書畫皆通的女子。她們涉足的文體除了詩之外，還有詞。她們具有過人的天賦和才能，詩詞中透露出她們獨特的審美個性，在審美過程中，表現出既婉約纖細又自由瀟灑的生命魅力。宋代出現了有「千古第一才女」之稱的李清照。李清照在詞作上的巨大成就，讓她得以與第一流的男性文人比肩而立。她爲一代婉約詞宗，詞作婉約清新，形成了特有的「易安體」，她還作下詞學專論《詞論》，在其中提出了自己對詞「別是一家」本質內涵的體認，這是古代第一篇系統的詞學專論。宋代理學大肆推崇「三從四德」，宋代女性的靈性雖然遭到壓抑，卻並不會被束縛住。與李清照齊名的朱淑眞曾作下《自責》二首，慨歎「女子弄文誠可罪，那堪詠月更吟風」，「添得情懷轉蕭索，始知伶俐不如癡」，表達了對不公待遇的激憤與抗議。她追求自由平等的戀愛，曾大膽作下「嬌癡不怕人猜，和衣睡倒人懷」的率真浪漫之作。只活了短短二十四年的女詩人謝希孟則道「英靈之氣，不鍾於世之男子，而鍾於婦人」，堅信女性有不輸於男子的才氣與靈氣。

到了明清時期，古代女性文學創作十分繁榮。據胡文楷《歷代婦女著作考》統計，明代女性作家多達兩百四十三人，已經超過歷代的總和。清代緊承明代的發展勢頭，並進一步發展，女性作家有三千六百六十多人，開創了女性文學創作的新局面與新高度。這個時期女性創作的特點，便是女性創作主體開始由宮廷女子和青樓女子向閨秀轉變，湧現了大量出色的閨秀作家。

明清閨秀作家的大量湧現，跟當時江南經濟文化的發展、世家大族對女子教育的重視，以及文人名士對女子才智的推崇與肯定是分不開的。當時文人熱衷於編輯閨秀詩集或閨秀詩話，並且普遍接受了宋代女詩人謝希孟的「英靈之氣，不鍾於世之男子，而鍾於婦人」之思想。晚明《古今女史》編者趙世傑說：「海內靈秀，或不鍾男子而鍾女人，其稱靈秀者何？蓋美其詩文及其人也。」明末清初《紅蕉集》編者鄒漪道：「乾坤清淑之氣不鍾男子，而鍾婦人。」清代小說的巔峰之作《紅樓夢》中的寶玉也言：「凡山川日月之精秀只鍾於女兒，鬚眉男子不過是些渣滓濁沫而已。」

正因爲較爲寬鬆的經濟文化環境，以及較爲良好的書香氛圍，明清時期的閨秀比以往任何朝代，都熱烈地投入文學創作中，並且積極參與文學活動，賦詩題詠，結社唱和。如晚明時期葉氏午夢堂一門風雅，沈宜修與三個女兒彼此唱和，是爲家庭詩社；桐城方氏家族方維儀、方孟式、方維則、吳令則、吳令儀常聚在一起吟詩作畫，被稱爲「名媛詩社」。這些都是家族性的詩社。此外還有閨友間的唱和，如萬曆年間（1573—1620）「吳門二大家」徐媛和陸卿子之間的唱和。明清部分女性甚至走出閨門，遊山玩水，拜師學藝，開展文學活動，拓寬文學視野，增長文學自信。她們雖然是清心玉映的閨房之秀，卻也具備落落大方的林下風度。不少閨秀作家還大膽地與男性文人進行詩詞唱和，比如王端淑、吳山、黃媛介等。這些唱和雅集的活動，進一步擴大了她們的文學影響力，因此便促成了地區性、師友性以及全國性的女性詩社的出現。地區性的詩社有杭州地區的「蕉園詩社」、蘇州地區的「清溪吟社」等，師友性的詩社有袁枚的「隨園女弟子」、陳文述的「碧城女弟子」等，全國性的詩社則有顧太清和沈善寶等在京城組建的「秋紅吟社」等。《紅樓夢》中的海棠詩社、桃花詩社正是當時閨秀詩社的生動寫照。

明清閨秀所創作的諸種文體趨於完善，體裁也由單純的詩詞歌賦而趨向多樣化，如散曲、戲劇、彈詞、章回小說等。但她們最爲鍾情的體裁仍是詩詞，詩詞創作蔚爲大觀。閨秀作家用極其敏感的心，來捕捉周圍一切微小而精妙的變化，並用清新流麗、婉約優美之語體現在詩詞之中，讓人們驚歎其心靈世界的博大豐富。其作品的創作類型也進一步拓寬，覆蓋山水、題畫、詠物、題壁、詠史、和友等多種題材。其中更有相當一部分女性作家涉足女性詩學批評，她們熱衷於編選女性詩文作品，撰寫女性詩話和論詩詩等，如熊璉作《澹仙詩話》、沈善寶作《名媛詩話》、惲珠作《國朝閨秀正始集》、陳芸作《小黛軒論詩詩》等。這些女性作家大多具備了獨立的詩學身份，女性主體意識進一步加強，她們的詩學思想也開始由零散化、碎片化逐漸走向思辨化、系統化。女性詩學批評的日趨豐富，進一步刺激了女性的創作熱情，且加劇了女性作品的傳播度，不少女性作品因爲保存在女性詩學批評之中而得以流傳下來。

本系列圖書用人物小傳與作品鑒賞的形式，對歷代女性作者及其作品進行梳理和品鑒，力求再現那個時代各個階層的女性作者群像及其掌上心事、腕底波瀾與旖旎才情。筆者希望，這三本小書，能帶讀者瞭解她們跌宕起伏的人生際遇，聆聽她們盪氣迴腸的心靈之聲，走進她們豐富細膩、瑰麗多彩的精神世界。

CONTENTS

CONTENTS

CONTENTS

CONTENTS

C O N T E N T S

CONTENTS

1. 花中來去看舞蝶，樹上長短聽啼鶯

長孫皇后

文德皇后長孫氏，河南洛陽人，小字觀音婢，她的名字在歷史上並沒有記載。長孫一族從北魏至隋以來能人輩出，被稱爲「門傳鐘鼎，家世山河」。

長孫氏是隋朝著名軍事家、外交家長孫晟最小的女兒，她生性儉樸，喜好讀書，嫻習文藝，端麗賢慧，自幼便有大家之風。整個家族都對她寵愛有加，因此對她的婚事也是格外看重。

當時唐國公李淵娶妻竇氏。竇氏爲北周定州總管竇毅與北周襄陽長公主之女，智勇雙全，見識超凡，年幼時就曾勸說舅父周武帝宇文邕爲了北周大局，優待來自突厥族的皇后。因此，長孫皇后的伯父長孫熾對竇氏十分欽佩欣賞，認爲如此出色的母親教出的子女也定是不凡，於是親自勸說弟弟長孫晟爲年齡尚幼的長孫氏與李淵的二兒子李世民結下姻親。長孫晟欣然同意。

長孫氏雖然出身高貴，但命運頗爲坎坷。她八歲時，父親長孫晟就去逝了，她和哥哥長孫無忌被異母哥哥逐出家門，年幼的兄妹二人只得投奔到舅父高士廉家，二人由舅父撫養長大。

高士廉才學頗高，博覽群書，他的胸襟言談以及學識修養，對兄妹倆影響頗深。同時他也見識非凡，很有知人之能。他曾見過少年李世民，認爲他雖然小小年紀，卻器宇軒昂，神采飛揚，必非池中之物，定有一番作爲，於是也很贊同長孫氏和他的婚約。等到長孫氏父喪期滿後，高士廉就做主將已出落得端莊秀慧、嫻靜大方的長孫氏許配給了李世民。

十三歲的長孫氏與十六歲的李世民在大業九年（613）完婚。婚後，少年夫妻感情融洽、相敬如賓。他們的愛情也持續了整整一生。

他們既是凡俗中相濡以沫的一對夫妻，又是盛世中最爲耀眼的一對英雄佳偶。李世民少年從軍，南征北戰，戰功赫赫。唐朝建立後，李世民官居尙書令、右武侯大將軍，受封爲秦國公，後晉封爲秦王。長孫氏也隨之被冊封爲秦王妃。她更加謙恭謹愼，竭力爭取李淵及其後宮對李世民的支持。

唐高祖李淵即位後，立李建成爲太子。李建成自知自己的戰功與威信都遠遠不及李世民，心中忌恨，於是與齊王李元吉一起用各種手段排擠和陷害他。而李淵優柔寡斷，又偏袒李建成。為了反擊，也為了奪權，李世民在武德九年（626）六月初四發動了「玄武門之變」。

玄武門之變當天，長孫氏為了支持丈夫，親自出馬勉慰諸將士，表明自己與丈夫誓同生死、不離不棄之意。將士見一貫賢德的主母此時依然如此端凝沉穩，凜凜然有大將之風，於是軍心大振。玄武門之變這場驚心動魄的奪權之戰，最終以李世民的勝利而告終。

玄武門之變三天後，李世民被立為皇太子，長孫氏隨之成為太子妃。當年八月八日，李世民登基為帝，並在登基十三天後冊封長孫氏為皇后。她隨即成為歷史上最著名的賢后——長孫皇后。而李世民也成了一代雄主——開創大唐盛世「貞觀之治」的唐太宗。

長孫氏自幼便喜愛閱讀，成為皇后以後依然手不釋卷。她經常與丈夫一起共執書卷，談古論今。她擅長書法，有翰墨存世，「皆具有俊才，出其柔翰，俱各精妍」，但現已散佚。她詩文俱精，編寫有古代女性事蹟《女則》十篇，自為序，又曾為論駁東漢明德馬皇后不能抑退外戚，令其當朝貴盛，乃戒其車馬之侈。而如今她的詩文差不多都已失傳，僅存《春遊曲》一首：

上苑桃花朝日明，蘭閨豔妾動春情。
井上新桃偷面色，簷邊嫩柳學身輕。
花中來去看舞蝶，樹上長短聽啼鶯。
林下何須遠借問，出眾風流舊有名。

這首詩作於貞觀初年，描寫的是長孫皇后在上林苑中遊春時所見之景。春日宮苑之中，新桃嫩柳，舞蝶啼鶯，春意盎然，引人沉醉。而詩中也展現了她的巧妙心思，「新桃偷面色」，其實說的是女子面容嬌美；「嫩柳學身輕」，也是暗示女子身姿輕柔；而「舞蝶」和「啼鶯」也是以物喻人。最後則是自負自己的林下之致，風流之才。長孫氏當皇后時還是韶華年齡，詩中一派青春氣息與活潑姿態，展現出她端莊優雅之外的別樣風韻。唐太宗很是喜愛這首詩，「見而誦之，嘖嘖稱美」。

長孫皇后性格剛直，聰慧過人，並且心懷悲憫，體恤下情。有一日她和唐太宗到御花園賞春景，見身邊有一群宮女眼角都已有皺紋，顯然已不年輕。於是長孫皇后關心地問她們多大年紀了，什麼時候進宮的。宮女們據實回答，她們是隋朝時進宮的，居於宮中已經快二十年了。長孫皇后心中憐憫，不忍深宮禁錮了女子的青春與年華，便勸說丈夫將她們放出宮去。於是唐太宗下令，將二十歲以上的宮女全部放了出去。

唐太宗對長孫皇后一向愛重，因此也看重她的家人，對他們委以重任。但長孫皇后爲了防止外戚專權，堅決反對。她也盡可能地去護衛朝廷賢良。有一次，魏徵直言相諫，惹怒了唐太宗，下朝後太宗怒氣沖沖地說要殺了魏徵，而長孫皇后趕緊穿上朝服站在庭院內，太宗驚奇地問這是何故。皇后說：「妾聞主明臣直，今魏徵直，由陛下之明故也，妾敢不賀！」太宗這才轉怒爲喜，也就消滅了對魏徵的恨意，轉而思考起他諫言中的深意。正因爲君明臣直，皇后賢慧，大唐終於迎來了「貞觀之治」。

貞觀八年（634），長孫皇后陪同太宗在九成宮避暑期間，身染重疾。《新唐書》載，太子爲了她的病情，請求大赦天下以免災，又想請道人施法，祓塞災會。長孫皇后卻阻止他說：「死生有命，非人力所支。若修福可延，吾不爲惡；使善無效，我尚何求？且赦令，國大事，佛、老異方教耳，皆上所不爲，豈宜以吾亂天下法！」

貞觀十年（636）六月，長孫皇后在立政殿崩逝，終年三十六歲，謚號文德皇后。唐太宗非常悲痛，道：「以其每能規諫，補朕之闕，今不復聞善言，是內失一良佐，以此令人哀耳！」唐太宗也遵從皇后遺願，營山爲陵，是爲昭陵。

長孫皇后先後爲唐太宗李世民誕下三子四女。後來兒子李治繼位，是爲唐高宗。

2. 千金始一笑，一召詎能來

徐惠

徐惠是湖州長城（今浙江省長興縣）人，唐朝果州刺史徐孝德之女，自小便有神童之稱。據說她五個月大時能叫出父母的姓名，四歲通《論語》及《毛詩》，能把四書五經倒背如流。

八歲時，父親想考考她，於是要她擬《離騷》作詩，徐惠微一思索，便作了一首詩：

仰幽岩而流盼，撫桂枝以凝想。
將千齡兮此遇，荃何為兮獨往？

詩句典雅清麗，隱隱然有《離騷》之風，盛行於世。她父親大感驚異。而徐惠不僅聰慧，而且勤奮，閨房之中遍涉經史，手不釋卷。

徐惠多才的名聲遠揚，終於傳到了唐太宗耳中，於是唐太宗下令將徐惠召進宮中。一見之下，太宗只覺她清麗秀雅，滿腹詩書，於是大喜，將她納為才人。

進宮之後，徐惠十分高興，因為宮中的藏書超過任何一個地方，她得以有機會遍覽群書。於是徐惠終日臨風捧卷，滿溢書卷氣，才學更加淵博，文思也更加敏捷，「其所屬文，揮翰立成，詞華綺贍」。

唐太宗也是愛才之人，看到徐惠如此好學，對她很是欣賞，後來便封她為婕妤，接著又升為充容，後升為昭容。太宗愛屋及烏，還提升其父親為禮部員外郎。

徐惠聰明過人，雖然滿腹經綸，卻不是那種死讀書的書呆子，而是嬌俏靈秀，頗有小女兒情趣，帶給了太宗很多的驚喜與快樂。

有一次，太宗召見徐惠，徐惠姍姍來遲，太宗很是生氣。於是徐惠微微一笑，寫了這首詩給他：

朝來臨鏡臺，妝罷暫裴回。
千金始一笑，一召詎能來。

這首小詩輕鬆纖巧，很有情趣。一早起來便對鏡梳妝，梳妝完畢便徘徊良久，等待太宗召見。可是太宗想見她，她偏又狡黠地說不去。古人有千金買一笑，陛下您一紙召書就能把我召來嗎？這首詩欲說還休，帶有一份天真驕傲的小女兒心思。太宗看了這首詩之後，怒氣一下子全消了，大笑不止。《唐詩紀事》記載了這件事：「長安崇聖寺有賢妃妝殿，太宗曾召妃，久不至，怒之，因進是詩。」後人曾作詩稱讚徐惠這首《進太宗》：「擬就《離騷》早負才，妝成把鏡且徘徊。美人一笑千金重，莫怪君王召不來。」

徐惠雖然深受太宗寵愛，但她也清醒地認識到了後宮嬪妃的君恩難駐，感歎漢代陳阿嬌失寵後悲慘的命運，曾經作過一首《長門怨》：

舊愛柏梁台，新寵昭陽殿。
守分辭芳輦，含情泣團扇。
一朝歌舞榮，夙昔詩書賤。
頹恩誠已矣，覆水難重薦。

據統計，現存以《長門怨》爲題的唐詩共計三十七首，涉及三十三位詩人，徐惠是唐代同題詩歌中唯一的嬪妃和女性作者。

她曾作《賦得北方有佳人》，描寫宮廷之中輕歌曼舞的悠閒生活，風度端雅，言辭豔麗：

由來稱獨立，本自號傾城。
柳葉眉間發，桃花臉上生。
腕搖金釧響，步轉玉環鳴。
纖腰宜寶襪，紅衫豔織成。
懸知一顧重，別覺舞腰輕。

即使是應制之作，徐惠也不落窠臼，顯示出自己獨到的視角和筆鋒，如《秋風函谷應詔》：

秋風起函谷，勁氣動河山。
偃松千嶺上，雜雨二陵間。
低雲愁廣隰，落日慘重關。
此時飄紫氣，應驗眞人還。

和她以往柔美端雅的筆調不同，這首詩意境雄渾，大氣壯闊。

徐惠不僅才貌雙全，且有一顆憂國憂民之心。貞觀二十二年（648），唐太宗東征高麗，同時大建宮室。徐惠寫了一篇《諫太宗息兵罷役疏》，指出「黷武玩兵，先哲所戒」；「秦皇併吞六國、晉武奄有三方，反成覆敗之業」；「地廣者，非長安之術；人勞者，爲易亂之符」；「有道之君以逸逸人，無道之君以樂樂身」，剖析常年征伐、大興土木之害，希望太宗能夠多加節儉，休兵罷戰。此文筆力雄健，言辭懇切。太宗讀完之後，驚歎於徐惠的見識與高才，對她更是大加稱讚。

貞觀二十三年（649），太宗病逝。太宗雖然年長她許多，卻是一代英雄明主，徐惠對他是傾心之愛。因此太宗死後，徐惠痛不欲生，憂思成疾，說道：「吾荷顧實深，志在早歿，魂其有靈，得侍園寢，吾之志也。」病榻之中，徐惠還寫了不少詩，以寄託自己對太宗的深切懷念。

第二年，徐惠便鬱鬱而終，時年二十四歲。唐高宗李治被她的眞情感動，追封她爲賢妃，並將她葬於太宗陵墓石室，了卻她「得侍園寢」的心願。

3. 花須連夜發，莫待曉風吹

武則天

武則天，并州文水（今山西省文水縣）人。她是中國歷史上唯一的女皇帝，是傑出的政治家，也是一位文學家和書法家。她著有《垂拱集》一百卷、《樂書要錄》十卷、《字海》一百卷等，現均已散佚。

武則天的父親武士彠是一個經營木材的商人，家中豪富，隋末為鷹揚府隊正。唐高祖李淵起兵反隋時，武士彠出錢資助李淵起兵，並為大將軍府鎧曹，隨軍入長安。唐朝建立後，李淵將武士彠列為開國功臣，封他為工部尚書、應國公。

武德三年（620），武士彠原配病逝，他娶了楊達的女兒為繼妻。楊氏共生了三個女兒，武則天排行第二，她遺傳了父親的精明智慧和母親的才思敏捷。相傳在她小時候，著名術士袁天罡曾到武家做客，當看到還穿著男孩衣裝的武則天時，袁天罡驚道：「可惜是個男孩，如果是個女孩的話，一定能當上皇帝。」

在武則天十二歲時，武士彠病逝，由於武士彠的兩個兒子不是楊氏親生，對楊氏母女態度惡劣。楊氏無奈之下，只得帶著三個女兒到長安投奔親戚。少女武則天就這樣隨著母親來到了長安。

桂陽公主的駙馬楊師道是楊氏的堂兄，她和楊氏來往較多，漸漸地，桂陽公主喜歡上了靈動聰慧的少女武則天，就常常在唐太宗李世民和長孫皇后面前提及。提得多了，李世民對武則天也就有了印象。武則天十四歲時，李世民親自點名要武則天入宮，定爲五品才人，並賜「武媚」稱號。

有一天，武則天在御花園裡誦讀《詩經》，被李世民撞見，見她聰慧好學，於是安排武則天到自己的書房工作，職責就是伺候筆墨。因爲一些重大的事件，李世民往往請大臣們在書房內商議，所以在伺候筆墨的過程中，武則天學到了關於國家執政方略的知識。

武則天性格與一般女子不同，明豔爽朗，處事果斷，也甚爲唐太宗所欣賞。據她自己登基稱帝之後回憶說：「太宗有馬名師子驄，肥逸無能調馭者。朕爲宮女侍側，言於太宗曰：『妾能制之，然需三物，一鐵鞭，二鐵檛，三匕首。鐵鞭擊之不服，則以檛檛其首，又不服，則以匕首斷其喉。』太宗壯朕之志。」太宗雖然欣賞她，但並不甚寵愛她，入宮十二年，她一直是個小小才人，也沒有爲太宗生下子女。

李世民年事已高，自覺身體不適，想讓太子李治儘快提高執政能力，於是常讓李治到書房旁聽。這期間，武則天與太子李治有了一些接觸，李治性格溫和怯弱，被剛強果斷又美貌出眾的武則天所吸引，兩人開始暗中來往。當時，李治二十二歲，武則天二十六歲。

貞觀二十三年（649），唐太宗李世民病逝，終年五十二歲。武則天被迫去了感業寺出家爲尼。臨走之前，李治跟武則天約定，等他做了皇帝，就接她入宮。

感業寺中的生活清苦孤獨，而武則天懷揣著一線希望，等待著李治接她回宮。等待的日子是難熬的，何況她對李治是眞的動了感情。這段日子，她寫下了著名的《如意娘》：

看朱成碧思紛紛，憔悴支離爲憶君。

不信比來長下淚，開箱驗取石榴裙。

一個女子因思念她的夫君而憔悴失色，精神恍惚，竟把朱紅之色都看成了青碧之色。她所流下的相思之淚，將石榴裙都浸染得淚痕斑斑。這首詩纏綿悲戚，柔情繾綣，誰想到是出自一代女皇武則天之手呢？

當時她不過二十六歲，綺年玉貌，青春正好，怎甘心如此孤獨終老？漫漫長夜裡，她多少次淚落如珠，思念那個遠在長安大明宮裡的人。而那人已貴爲皇帝，身邊花團錦簇，他還會想起她嗎？未來如此不可知測，讓她忐忑而又驚慌。

那時的武則天，不會想到以後她會有權傾天下、俯瞰萬人的一天。她只是一個思念愛人的平凡女子，倚門張望，害怕青春老去，害怕愛情褪色。但武則天是幸運的。唐高宗李治是個溫和而重情的人，對她始終念念不忘。不久高宗李治來到感業寺，再見到武則天，兩人相對流淚，舊情復燃，李治便將她接回宮中。此時的武則天經過感業寺艱苦歲月的磨煉，已經不是當年嬌柔巧笑的媚娘了，明斷果決的霸氣仍在，而且更多了深沉的心計。

她回宮之後，鬥倒了王皇后、蕭淑妃，終於在後宮爭鬥中笑到了最後，先後成爲了武昭儀、武宸妃，最終成爲了大唐皇后。顯慶五年（660），高宗患頭眩病，委託皇后處理朝政，武則天就此正式登上政治舞臺。此後武則天內輔國政二十餘年，時人稱高宗爲天皇，武后爲天后，謂之「二聖」。

高宗逝世後，武則天作為唐中宗的皇后、唐睿宗的皇太后臨朝稱制，期間，她改名為「曌」，這個「曌」字是武則天自己造出來的。她認為自己好像日、月一樣光芒照人，高高掛於天空之上。再後來，她廢除了幾個兒子的皇位，於天授元年（690）登基，改國號為周，自稱「聖神皇帝」，成為中國歷史上唯一一位女皇帝。

武則天當政期間，雖然刑法嚴峻，但她積極抵禦外侮，收復安西四鎮，勇於納諫，賞罰分明，選拔人才，因而唐朝經濟繁榮，百姓安居樂業。當時人口激增，從三百八十萬戶增長到六百一十五萬戶。她雄才大略，獎進文學，彙集英才，編纂文典，有說唐代文學之盛，尤在武則天執政以來。《資治通鑑》評價她：「政由己出，明察善斷，故當時英賢亦竟為之用。」她還令劉思茂等人編纂《列女傳》二十卷、《古今內範》一百卷，充分肯定女性的文學價值和歷史意義。李白在《上雲樂》詩中提出「中國有七聖」，其中之一就是武則天。

她精明強幹，行事果斷，敢作敢為。她的詩作中已經沒有了那一份柔情旖旎的女兒心思，取而代之的是俯瞰天下、號令寰宇的霸氣，如這首《臘日宣召幸上苑》：

明朝遊上苑，火急報春知。

花須連夜發，莫待曉風吹。

這首詩的背後也有一個故事，這個故事在《鏡花緣》中也有記載，不過把它神話化了。武則天有一日酒醉後到御花園賞臘梅，只見臘梅幾枝旁逸斜出，未免孤寂，一時興起，寫下此詩，下詔讓百花齊放。這詔書一下，各花的花神著了慌，趕緊去找百花仙子，卻遍找不著。迫於武皇威勢，除了牡丹仙子還在尋找百花仙子外，其他花神各歸其位。第二天果然百花齊放，姹紫嫣紅，好不熱鬧。武則天大喜，親臨御花園，卻見百花之中只有牡丹未開。她見狀大怒，便令人用炭火炙烤牡丹花枝。這時牡丹仙子剛剛歸位，在炭火之中，牡丹紛紛開放。但武則天餘怒未消，從此將牡丹花貶去洛陽。雖然是小說家言，但也可以看得出當時武則天在人們心中的威勢。

武則天「素多智計，兼涉文史」，著有樂府多章，《全唐詩》現存詩四十六首。寫景之作對仗工整，清新生動，如《遊九龍潭》：

山窗遊玉女，澗戶對瓊峰。
岩頂翔雙鳳，潭心倒九龍。

酒中浮竹葉，杯上寫芙蓉。
故驗家山賞，惟有風入松。

除了詩歌之外，武則天還寫有一篇人物傳記《蘇氏織錦迴文記》，寫的是前秦著名才女蘇惠的故事，字裡行間蘊含著對蘇惠才華的欣賞讚歎之意，稱她的《璿璣圖》才情之妙，超今邁古，文字洗練優美，敘事頗爲生動。

武則天除了精通史籍詩文之外，還精於書法，尤其精於飛白書和行草書。她勤奮聰慧，公務之餘時時揣摩名家書跡，終成書法家。《宣和書譜》載：「後初得晉王導十世孫方慶家藏書跡，摹拓把玩，自此筆力益進。其行書有丈夫氣。」

武則天當年曾以飛白書把大臣姓名寫出來賜給他們，有大臣就上表說：「蒙恩作飛白書，題臣等名字垂賜，跪呈寶貺，仰戴瓊文，如批七曜之圖，似發五神之檢。冠六文而首出，掩八體而孤騫……鍾繇竭力而難比，伯英絕筋而不逮。則知乃神乃聖，包眾智而同歸；多才多藝，總群芳而兼善。」

神龍元年（705），武則天退位，成爲中國歷史上唯一一位女性太上皇。同年十二月武則天病逝，在位整整十五年，去逝時八十二歲，謚號則天大聖皇后。她與高宗合葬乾陵，留下一座無字之碑。

4. 書中無別意，惟悵久離居

上官婉兒

上官婉兒，陝州陝縣（今河南省三門峽市陝州區）人，祖籍隴西上邽，唐代女官、詩人。她是唐代宰相、詩人上官儀的孫女，有「巾幗宰相」之名。

上官儀甚工詩，其詩綺錯婉媚，被稱爲「上官體」。因而他成爲了初唐著名的御用文人，常爲皇帝起草詔書。據《隋唐嘉話》載，上官儀凌晨入朝，巡洛水堤，步月徐轡，即興吟詠了一首音韻清亮的《入朝洛堤步月》：

脈脈廣川流，驅馬歷長洲。
鵲飛山月曙，蟬噪野風秋。

當時一起等候入朝的官員們聽到此詩，欽佩不已，望著上官儀彷彿望著衣袂飄飄的神仙一般（「群公望之，猶神仙焉」）。

上官儀還歸納六朝以來「六對」、「八對」之說，於律詩的形成大有推進。上官婉兒繼承了祖父的詩風，其詩「濃筆顯麗，光明耀眼」，使「上官體」天下聞名。曾有人評曰：「武后時，婦女之能文者，上官婉兒其第一也。」

上官婉兒雖然出身顯貴，但出生不久家族便已遭罪。上官儀被唐高宗李治召入宮中起草廢后詔書，武則天收到消息後立刻趕到。唐高宗趕緊把責任都撇到上官儀身上，推說都是上官儀教唆的。武則天對上官儀更不留情，下令將他下獄賜死，而他的家眷則入宮爲奴。當時上官婉兒不過是小小的嬰兒，卻遭此橫禍，跟著母親進了宮。

據說上官婉兒出生的時候，她母親鄭氏曾經做了一個夢，夢見有一個人給了一柄秤給她，並說持此秤可以量天下。鄭氏以爲生下來肯定是個男孩，沒想到卻是個粉妝玉琢的女孩。鄭氏自然大失所望，對著這個小小嬰兒說：「難道稱量天下的就是你嗎？」小婉兒居然咿咿呀呀的，好像在說「是」。鄭氏沒有料到的是，日後婉兒眞的成爲了中國歷史上最出名的才女之一。

鄭氏出身於書香門第，雖然家族已敗，沒爲宮奴，但她仍然重視對女兒的教育，借打掃書庫之便，每日爲女兒帶書讀。於是，小小的婉兒得以博覽天下之書，除了詩詞歌賦，也遍覽經史。她本來就天資聰穎，聞一知十，提筆便能揮灑作文。母親見女兒玲瓏剔透，心中更是安慰歡喜。

十四年過去了，在母親的精心培養與教育下，婉兒已出落成一個亭亭少女，美貌過人，聰達敏識，才華出眾，「有文詞，明習吏事」，「天性韶警，善文章」。這樣出色的女子在宮女之中，宛若一顆熠熠明珠，光芒是遮掩不住的，很快，她引起了武則天的注意。

這一年，婉兒被武則天召進宮中，當場命題。婉兒文不加點，一揮而就。武則天萬萬沒料到冷暗孤寂的宮中，居然蘊有這樣晶瑩剔透、靈秀輕盈的詩心，而其書法之柔媚秀雅，也宛若字字簪花。武則天看後大悅，當即下令免去上官婉兒奴婢身份，拜爲婕妤，讓其掌管宮中詔命，成爲自己的得力助手。

後來高宗宴群臣，賞雙頭牡丹，令眾人賦詩，上官婉兒一聯云：「勢如連璧友，心似臭蘭人。」舉座皆驚。武則天自然更加賞識婉兒，還把她提拔爲自己的貼身秘書，處理奏表，參決政事。婉兒實際上成爲了武則天政治上的代言人。

婉兒因忤旨觸怒了武則天，論罪當誅，但武則天愛惜她的才華，「黥而不殺」。婉兒因額有傷痕，便在傷疤處刺了一朵小巧玲瓏的紅梅花進行遮掩，誰知卻更增美貌。宮中人競相仿照，都在額上配以花鈿。段成式在《酉陽雜俎》裡有這樣一段記載：「今婦人面飾用花子，起自上官昭容，所製以掩黥跡。」

上官婉兒博覽群書，雖公務繁忙，仍手不釋卷。她也酷愛藏書，曾藏書萬餘卷，並且所藏之書她都一一用香薰過，翻看書籍之時，沉香嫋嫋浮動。許多年後，上官婉兒已經不在人世，她所收藏的書籍紛紛流落民間。這些書打開之後，依然芳香撲鼻，且無蟲蛀。

上官婉兒流傳下來的詩作不多，有一首清麗含蓄的閨怨詩《彩書怨》：

葉下洞庭初，思君萬里餘。
露濃香被冷，月落錦屏虛。
欲奏江南曲，貪封薊北書。
書中無別意，惟悵久離居。

據說這首詩是婉兒寫給章懷太子李賢的。李賢是武則天的第二個兒子，英明智勇。婉兒暗自傾心於他，在這首詩裡抒發了纏綿悱惻的相思之情。但李賢不見容於武則天，這份愛註定是沒有結果的，李賢被武則天殺死後，婉兒把這份初戀情懷永遠埋在了心底，從此，歷史上的上官婉兒永遠是那個搖筆雲飛、文采風流的巾幗宰相形象。

武則天死後，唐中宗復位。婉兒此時被中宗封爲昭容。中宗性格柔弱，朝廷的權力實際上掌握在韋后、安樂公主、上官婉兒以及太平公主手上。這時候上官婉兒勸中宗擴大書館，增設學士，中宗採納了她的建議。於是，「十數年間，六合清謐，內峻圖書之府，外辟修文之館，搜英獵俊，野無遺才」。在上官婉兒的努力下，天下英才幾乎都被選拔殆盡，這對當時唐朝文化的發展與繁榮大有好處。

中宗朝是奉和應制詩的一個高峰期。中宗雅好文學，登基後更是喜好遊樂吟賞。《資治通鑒》記載：「（中宗）每遊幸禁苑，或宗戚宴集，學士無不畢從，賦詩屬和。」上官婉兒每次都代替中宗、韋后、長寧公主、安樂公主作文，數首並作，詩句優美，各有文采，時人大多傳誦唱和。

對大臣所作之詩，中宗又令上官婉兒進行評定，名列第一者，常賞賜金爵。《唐詩紀事》記載了一則她評詩的故事：「中宗正月晦日幸昆明池賦詩，群臣應制百餘篇。帳殿前結彩樓，命昭容選一首爲新翻御制曲。從臣悉集其下，須臾紙落如飛，各認其名而懷之。既進。唯沈、宋二詩不下。又移時，一紙飛墜，競取而觀，乃沈詩也。及聞其評曰：『二詩功力悉敵，沈詩落句云：微臣雕朽質，羞睹豫章材，蓋詞氣已竭。宋詩云：不愁明月盡，自有夜珠來，猶陟健舉。』沈乃服，不敢復爭。」可謂品評到位、見識非凡。她終於成為了「天下文宗」，是那個時代詩壇的領袖人物。

從十四歲起，上官婉兒便接近於唐代最高權力中心，在前廷與後朝的鬥爭中身不由己。她雖然聰明靈慧，地位很高，但也心力交瘁。游驪山時，婉兒寫了幾首詩，其中一首寫道：

三冬季月景龍年，萬乘觀風出灞川。
遙看電躍龍為馬，回矚霜原玉作田。

雖然仍是場面之作，但意境壯闊，氣勢雄渾，也表達了她嚮往寧靜平和生活的願望，只是這樣的願望，對她來說，是那樣遙不可及啊。鍾惺《名媛詩歸》評曰：「遙看、回矚俱有分曉」，「全首皆以猛力震撼出之，可以雄視李嶠等二十餘人矣」。

她所作之詩雖多為應制之作，但格律運用技巧很高。《奉和聖制立春日侍宴內殿出剪綵花應制》詩對仗工整，平仄合律。鄭振鐸稱其「正是律詩時代的『最格律矜嚴』之作」。她描寫景物之句，則是雅致婉麗，富於音樂美，如《遊長寧公主流杯池》二十五首，清詞麗句，瑩目怡心，引領了一代詩風，其中一首爲：

攀藤招逸客，偃桂協幽情。
水中看樹影，風裡聽松聲。

長寧公主是唐中宗嫡女，出嫁之後，她在東都洛陽建造了奢侈的府邸，其流杯池可謂是一大旅遊勝地。婉兒也曾遊覽於此，所賦之詩不同於當時的應酬詩，而是情景交融，別有意境。《新唐書．后妃傳》曰：「又差第群臣所賦，賜金爵，故朝廷靡然成風。當時屬辭者，大抵雖浮豔，然所得皆有可觀，婉兒力也。」

中宗死後，太平公主聯合臨淄王李隆基殺入宮中，宮城的防衛不攻自破，韋后、安樂公主都被殺。婉兒也在這場宮廷政變中被殺。

上官婉兒死後，唐玄宗李隆基出於惜才的考慮，便讓人收集她的詩作，爲《唐昭容上官氏文集》。中書令燕國公張說奉命爲詩集作序，對她大爲讚賞：「敏識聆聽，探微鏡理，開卷海納，宛若前聞，搖筆雲飛，成同宿構。古者有女史記功書過，復有女尚書決事言閥，昭容兩朝兼美，一日萬機，顧問不遺，應接如意，雖漢稱班媛，晉譽左媼，文章之道不殊，輔佐之功則異。」如今文集已佚，《全唐詩》收入了她的三十二首詩。

在上官婉兒死後八十餘年後，呂溫曾賦《上官昭容書樓歌》，贊道：「漢家婕妤唐昭容，工詩能賦千載同。自言才藝是天眞，不服丈夫勝婦人。」

5. 所嗟人異雁，不作一行歸

七歲女子

唐代是我國古典詩歌發展的全盛時期，這一時期，也湧現了很多小小年紀便能吟詩作對的神童才子。比如李賀七歲就揚名長安，號為神童。駱賓王也是七歲便作出了《詠鵝》：「鵝，鵝，鵝，曲項向天歌。白毛浮綠水，紅掌撥清波。」宛若一幅生動的白鵝戲水圖。徐惠也是八歲成名，所作的一首《擬小山篇》被認為有《離騷》之風。

武則天當權的時代，也有一個七歲的小女孩，小小年紀便能作得一手好詩，詩名遠揚。

武則天是愛才之人，聽聞小女孩名聲之後，便召她前來面見，她便應召而來。小女孩來到長安宮中之後，陪她前來的兄長便要辭別而去了。小女孩儘管聰慧過人，但畢竟年齡幼小，眼望兄長，淚盈於睫，戀戀不捨。武則天看在眼裡，於是便命令小女孩作詩送別兄長，小女孩便寫了一首五言絕句《送兄》：

別路雲初起，離亭葉正稀。
所嗟人異雁，不作一行歸。

別路是要分別的路口，離亭便是驛亭的意思，古人往往於此送別。整首詩情景交融，渾然天成，具有天機自得之妙，彷彿眼前徐徐鋪展開一幅秋意送別圖。圖中秋色澄明，雲起葉稀，北雁南飛，離別意重。如此含蓄蘊藉、情感深沉的作品，竟然出自一個小小女孩之手，眞是叫人訝異。

這小女孩姓名生平雖然已不可考，她七歲時所作的這首詩卻是永久地流傳了下來。《全唐詩》題下原注：「女子南海人」，「武后召見，令賦送兄詩，應聲而就」。

只有七歲的小女孩，面對權傾天下的武則天，天眞可愛，凜然不懼，應聲而作，纖纖小手握筆，飽蘸濃墨，在素紙上認眞地一筆一畫地寫著，爾後自信地站起身來，呈上詩作。武則天接過展卷一看，便是這麼一首堪稱佳作的詩。

只是《全唐詩》上並沒有留下這個小女孩的名字，很是可惜。也不知道她長大了有何造化，要是像方仲永那樣泯然眾人了，那就著實太可惜了。

6. 萬壽稱觴舉，千年信一同

宋若昭

宋若昭是初唐著名詩人宋之問裔孫宋廷芬之女。宋廷芬生一男五女，兒子生性愚笨，女兒們卻是一個比一個聰明靈秀，並長於文才，在當時被稱爲「五宋」。宋家五個女兒爲宋若莘、宋若昭、宋若倫、宋若憲、宋若荀五姐妹，她們沉醉於詩書，不願結婚，希望能以學名家，而她們也的確一生未嫁。在五個女兒中，宋若昭成就最高。宋若昭文辭清雅淡麗，性格也是貞素閒雅。

貞元四年（788），宋氏姐妹隨父客居上黨，昭義節度使李抱眞向唐德宗表薦其才。唐德宗當即降詔徵召姐妹五人，試以文章詩賦，兼問經史大義，大爲讚賞，欣然同意她們入宮。

宋氏姐妹表薦入宮後，德宗「禮榮閒雅，高其風操」，不以宮妾待之，尊稱爲學士。唐德宗能詩，每與侍臣寫詩唱和，亦令宋氏姐妹參與應制。她們深得德宗恩賞，德宗愛屋及烏，宋氏姐妹的祖父、父親還有那個平庸的弟弟都被封了官。

宋氏姐妹中，宋若倫、宋若荀最先去逝，留下宋若莘、宋若昭、宋若憲三姐妹在宮中當差。自貞元七年（791）後，宮中記注簿籍之事由宋若莘執掌。元和末年（820），宋若莘也逝世了，追贈河內郡君。

宋若莘受封建倫理道德觀念影響較深，不苟言笑，教誨諸妹有如嚴師。她著有《女論語》十篇，依古代《論語》思想和體制而作，「其間問答，悉以婦道所尚」，分立身章、學作章、學禮章、早起章、事父母章、事舅姑章、事夫章、訓男女章、管家章、待客章、和柔章、守節章共十二章，每一章都詳細規定古代女子的言行舉止和持家處世的事理。

宋若昭爲這本書作了精心注解，皆有理致，因此此書又名《宋若昭女論語》。此後《女論語》成爲「女四書」之一，被統治者視爲教化女子的經典。

宋氏姐妹俱承德宗恩寵，但只有宋若昭希望自己能獨居禁院，不希上寵，這樣才能靜靜沉浸在書香之中。因此她的才學，算得上姐妹之中最好的一位。

唐穆宗居東宮時，若昭就曾單獨爲當時尚爲太子的穆宗講解經訓，穆宗對她極爲欣賞和欽佩。後來穆宗繼位。在宋若莘去逝後，穆宗以宋若昭通達幹練，令她掌六宮文學，拜爲尙宮，代司若莘之職。

宋若昭得享長壽，歷經穆宗、敬宗、文宗三朝。六宮嬪妃、諸王、公主、駙馬，皆以師禮相待，爲之致敬。後來她被封爲梁國夫人。她爲人練達，在宮中足足待了四十餘年，教導後宮嬪妃，掌管四方表奏。

宋若昭一生手不釋卷，著作豐富，著有詩文若干卷，但在漫長歲月裡已經散失殆盡。現在僅存詩一首，題爲《奉和御制麟德殿宴百僚應制》及傳記小文《牛應貞傳》一篇。《奉和御制麟德殿宴百僚應制》爲典型的應制之作，端凝穩重，雕琢工整，四平八穩而缺少靈氣：

垂衣臨八極，肅穆四門通。
自是無爲化，非關輔弼功。
修文招隱伏，尙武殄妖凶。
德炳韶光熾，恩沾雨露濃。
衣冠陪御宴，禮樂盛朝宗。
萬壽稱觴舉，千年信一同。

鍾惺贊道：「若昭姊妹詩皆凝深靜穆，有大臣端立之象，使人誦之，亦如對蒼松古柏，欽其古肅之氣，不復以煩豔經心也。」

宋若昭的《牛應貞傳》則記敘了女神童牛應貞的事蹟。牛應貞生活於唐貞元、元和年間，牛肅長女，弘農人楊唐源之妻。她少而聰穎，經耳必誦，涉獵百家，學富五車，十三歲時，能誦佛經兩百餘卷、儒經子史數百卷，曾在夢中誦《左傳》，一字不漏。往往熟睡中與人談論，數夜不停。但可惜的是，她只活了短短二十四年。宋若昭欣賞這位才女，也歎息她的薄命，因此爲她作傳。《牛應貞傳》全文僅有三百餘字，但語言洗練，敘事簡淨，行文生動，反映出宋若昭出色的寫作才力。

大和二年（828）七月廿七日，宋若昭卒於大明宮，就殯於永穆道觀內，同年十一月八日祔葬萬年縣鳳棲原祖塋。宋若昭卒後，朝廷給予她很高的禮遇，爲她舉行了隆重的葬禮，以弟弟宋稷爲主喪，供鹵簿，賜鼓吹。據墓誌銘記載，宋若昭享年六十八歲。

若昭死後，敬宗令宋若憲代司宮籍，宋若憲文才尤高，曾作《催妝詩》，寫雲安公主下嫁之事，文雅莊重：

歡顏公主貴，出嫁武侯家。
天母親調粉，日兄憐賜花。
催鋪百子帳，待障七香車。
借問妝成未，東方欲曉霞。

她又曾作《長相思》一首，表現出宋氏姐妹中難得一見的相思情意，很是生動活潑：

長相思，久離別。
關山阻，風煙絕。
臺上鏡文銷，袖中書字滅。
不見君形影，何曾有歡悅。

此外她還著有《宛轉歌》二曲、《朝雲引》和《採桑》各一曲。

到了唐文宗之時，若憲爲文宗所重，後來她不幸捲入政治旋渦中，遭人構陷，幽於外第，賜死，家屬徙嶺南。至此，宋氏姐妹的時代終於完全結束了。

7. 不如盡此花下歡，莫待春風總吹卻

鮑君徽

鮑君徽，字文姬，唐代女詩人。她是獨生女兒，父親很早就去逝了。她長大後嫁人，丈夫不久又去逝了，她和老母親相依爲命。

鮑君徽自幼擅長詩文，素有才名。她和宋氏五姐妹屬於同一時代的人，又和她們齊名。當時唐德宗聽說了她的名聲，便召她入宮，試過她的文辭之後，也是讚賞有加，便留下她和宋氏姐妹一起擔任禁掖文學之任。當時她生活困苦，便應詔而來，成爲宮廷女官。

鮑君徽入宮之後，常與侍臣賡和詩文，行文出色。德宗贊許不已，賞賚甚厚。但鮑君徽並不習慣宮中沉悶淒冷的環境，時常鬱鬱不樂。和一心沉醉詩書、情願孤身終老的宋氏姐妹不同，她並沒有留名青史、彰顯女德的打算，也不想把自己的青春付諸這寂寂深宮。

在宮中待得越久，她越思念自己的家鄉、自己的老母親。思念越來越濃，幾乎要將她湮滅了。她霍然醒悟，該到了離去的時候了。

於是，她入宮不久後，便以奉養老母為由，上疏乞歸，其辭情真意切，令人動容：

臣以草茅嫠婦，重荷寵恩，自謂生有餘幸矣！獨念妾也幼鮮昆季，長失椿庭。室無雞黍之餐，堂有垂白之母。衷情迫切，臣不啻隱忍，方慮控訴無門焉。茲者幸遇聖明，詔臣吟詠，一入御庭，百有餘日。弄文舞字，上既以洽明聖之歡心，搦管揮毫，下既以倡諸臣之賡和。惟是煢然老母，置諸不問，豈為子女者恝然若是耶？臣一思維，寸腸百結。伏願陛下開莫大之宏恩，聽愚臣之片牘，得賜歸家，以供甘旨。則老母一日之餘生，即陛下一日之恩賜也。臣不揣愚昧，冒死以進。

鮑君徽並無兄弟，家中只有一位老母親，她向德宗解釋自己乞歸之理由，既感謝德宗的知遇之恩，又陳述自己的一片孝心，入情入理。因此她的這篇乞歸疏也打動了德宗，得以順利返回家鄉，陪伴母親，安然終老。

現鮑君徽在《全唐詩》存詩四首，大都從容雅靜，不為炫耀。清代詩論家陸昶認為她的功力在宋氏五姐妹之上。作爲宮廷女詩人，她寫下的應制詩不在少數，留存一首《奉和麟德殿宴百僚應制》，也是四平八穩，對仗工整，但缺少生氣。

睿澤先寰海，功成展武韶。
戈鋋清外壘，文物盛中朝。
聖祚山河固，宸章日月昭。
玉筵鸞鵠集，仙管鳳凰調。
御柳新低綠，宮鶯乍囀嬌。
願將億兆慶，千祀奉神堯。

她曾作邊塞詩《關山月》，則個性鮮明生動，表現出非凡的筆力，具有較強的藝術感染力：

高高秋月明，北照遼陽城。
塞迥光初滿，風多暈更生。

征人望鄉思，戰馬聞鞞驚。
朔風悲邊草，胡沙暗虜營。
霜凝匣中劍，風憊原上旌。
早晚謁金闕，不聞刁鬥聲。

這是她的傳世之作，「以縱恣之筆，壯寫邊塞題材」，令人耳目一新，反映出她的思想之高遠與視野之廣闊，實乃女中奇才。她懷著一顆悲憫之心，希冀和平的生活，不聞爭鬥之聲。這首詩的境界大大超過了同時代的宮廷女詩人。

她在宮廷所作的一些閒筆，則寫得清寂幽美，如《東亭茶宴》：

閑朝向曉出簾櫳，茗宴東亭四望通。
遠眺城池山色裡，俯聆弦管水聲中。
幽篁引沼新抽翠，芳槿低簷欲吐紅。
坐久此中無限興，更憐團扇起清風。

這裡寫的是宮中的閒適生活，宮人們於東亭舉辦茶宴，這裡四望遼闊，有山色水聲，有翠竹新芽，有木槿含苞。雖然是歡樂之景，但詩人想起漢時班婕妤「秋扇見捐」之事，不由得觸景生情，心中傷感。

鮑君徽還曾作《惜花吟》：

枝上花，花下人，可憐顏色俱青春。
昨日看花花灼灼，今朝看花花欲落。
不如盡此花下歡，莫待春風總吹卻。
鶯歌蝶舞韶光長，紅爐煮茗松花香。
妝成罷吟恣遊後，獨把芳枝歸洞房。

花下人看花，花色雖美，卻易飄易謝，如同青春易逝。就算花下盡歡，鶯歌燕舞，也難免心中悲戚。身在宮中，不得自由，空見青春流逝。這也就是鮑君徽要以奉養老母爲由，上疏乞歸的眞正原因。

8. 妝似臨池出，人疑向月來

楊容華

楊容華，約生活於唐高宗永徽元年（650）至武后載初年間（689—690），華陰（今陝西華陰境內）人，「初唐四傑」楊炯侄女，也有人說她是楊炯的妹妹。楊容華自幼靈慧，從小就文采出眾。她出生於書香之家，因此明代陸時雍的《唐詩鏡．卷八》稱其「清麗，故有家風」，認爲她的早慧多才是受家庭薰陶影響。她曾在十三歲的時候就作了一首《新妝詩》：

宿鳥驚眠罷，房櫳乘曉開。
鳳釵金作縷，鸞鏡玉爲台。
妝似臨池出，人疑向月來。
自憐終不見，欲去復裴回。

這首詩寫的不過是初長成的小少女對鏡梳妝、顧影自憐的場景，卻寫得柔美嫻靜，整麗精工。

晨光熹微，宿鳥鳴叫，少女剛剛醒來，對著鸞鏡插上鳳釵。閨房飾物精緻至極，那鳳釵是用金絲編成的，鸞鏡則是裝飾有鸞鳥花紋的銅鏡。妝成之後，那鸞鏡中的盛裝少女恍若臨池芙蓉，又如月宮仙子，塵世間哪有如此美女呢？於是，她禁不住自憐自賞了。「妝似臨池出，人疑向月來」句，自然流麗，秀雅飄逸，令人傾慕懷想。

她叔叔楊炯，是非常驕傲的初唐詩人，自幼聰敏博學，十二歲便應童子舉及第，翌年待制弘文館，長大後與王勃、盧照鄰、駱賓王並稱「初唐四傑」。

楊炯對侄女楊容華的詩才也是頗爲自豪的。他曾經去拜見過當時的名士鄭義眞，口誦楊容華的詩《新妝詩》給他聽。鄭義眞擊節稱讚。楊炯得意了，又連忙誦讀了幾十首自己所作的詩，鄭義眞聽了，都說不如楊容華的詩寫得好。楊炯爲之汗顏，慚愧不已。

這樣聰慧的小才女，長大之後卻沒有任何詩文傳世，也沒有關於她生平的記載。她是否嫁人，是否繼續寫詩，是否江郎才盡，都沒有了記載，引起後世人們的很多猜想。

明代程羽文的《鴛鴦牒》中說：「楊容華，鶯吭亮溜，鴟餀非群，宜即配王子安、駱賓王、盧升之，蜚聲振藻，不忝四家。」意思是覺得楊容華如此才情，只有初唐四傑中的另外三人才可匹配。可是駱賓王、盧照鄰比楊容華的叔叔楊炯還要大一、二十歲，王勃雖然年輕，卻早逝。放眼那個時代，竟沒有與她的品貌相當的少年郎。

這樣的才女，只留下了這麼一首靈慧小詩，便默默消逝在歷史的煙塵裡了。

9. 長門盡日無梳洗，何必珍珠慰寂寥

江采蘋

江采蘋，即梅妃，生長在醫道世家，父親江仲遜是秀才出身的儒醫江仲遜，三十多歲的時候才有了這個女兒，所以對她疼愛有加。

江采蘋自幼聰慧可人。她父親教她讀書識字、吟誦詩文，她九歲時就能誦讀《詩經》中的數百詩篇，十四歲善吟詩作賦，擅長吹笛，琴棋書畫無一不通。

十五歲那年，江采蘋出落得亭亭玉立，風致楚楚。少女時代的江采蘋自命不凡，常常自比東晉著名才女謝道韞，曾作《簫》、《蘭》、《梨園》、《梅花》、《鳳笛》、《玻杯》、《剪刀》、《絢窗》八篇文賦，轟動一時。

江采蘋容顏清麗，姿態明秀，又愛好淡妝雅服，如一朵瑩潔之梅，而她從小就特別喜歡梅花。於是疼愛女兒的江仲遜不惜重金，追尋各種梅樹，種滿房前屋後。於是江采蘋自幼就浸透了梅花的幽幽冷香，於玉蕊瓊枝間長大，也浸透了梅花的風骨。

梁簡文帝蕭綱曾作有一篇《梅花賦》：「梅花特早偏能識春，幾承陽而發金，乍雜雪而披銀。吐豔四照之林，舒榮五衢之路，既玉綴而珠離，且冰懸而雹布。」江采蘋正如那賦中的愛梅佳人一般。「於是重閨佳麗，貌婉心嫻，憐早花之驚節，訝春光之遺寒。衣袂始薄，羅袖初單，折此芳花，舉茲輕袖，或插鬢而問人，或殘枝而相授」。

開元中，唐玄宗深愛的武惠妃死後，他倍感寂寞。後宮之中，沒有一個妃嬪可以讓他稍展愁眉。於是他所寵倖的太監高力士自湖廣歷兩粵為其選美。高力士到了閩地後，聽說江家有這麼一個美貌女兒，於是親自上門以重禮相聘，攜江采蘋回到長安。

高力士特意在梅林深處安排下酒宴，請唐玄宗臨視。玄宗初見江采蘋，便已驚為天人。只見江采蘋淡雅脫俗，纖腰約素，風姿綽約，俏生生地立在梅林間，如一朵清麗的白梅，唐玄宗不由得心動不已。

江采蘋低眉，橫笛就口，為唐玄宗吹奏《梅花落》，笛音宛轉悠揚，玄宗在幽幽梅香中聽這《梅花落》之曲，只覺心曠神怡。一曲吹畢，江采蘋放下白玉笛，又舞一支《驚鴻舞》。她身段輕盈靈捷，舞姿自然也就極其優美。迴風流雪，花瓣紛揚，滿園生輝，而江采蘋飄飄如仙，彷彿隨時都會隨風而去。玄宗大悅。

自此，唐玄宗對江采蘋愛如至寶，後來更是賜東宮正一品皇妃，號梅妃。因江采蘋極愛梅花，玄宗特地命人給其宮中種滿各式梅樹，並親筆題寫院中樓臺爲「梅閣」、花間小亭爲「梅亭」，還戲稱她爲「梅精」。她也的確像梅花的精靈，每到花開之時，江采蘋便獨自一人在散發著清冷香氣的梅花間緩步而行，有時深夜才回，身上浸滿梅花之幽幽冷韻。

江采蘋多才多藝，個性也是機敏伶俐。有一日，唐玄宗與江采蘋鬥茶，對諸位王爺開玩笑說：「此梅精也，吹白玉笛，作驚鴻舞，一座光輝。鬥茶今又勝我矣。」梅妃應聲而答：「草木之戲，誤勝陛下。設使調和四海，烹飪鼎鼐，萬乘自有憲法，賤妾何能較勝負也。」俏皮伶俐之語，惹得唐玄宗又是大爲高興。

自從有了梅妃，唐玄宗看其他妃嬪便如塵土一般。宮中妃子也認爲自己都比不上江采蘋。但帝王的目光始終難以在一個妃子身上長久停留。十年過去了，江采蘋的容色不像年輕時那樣光豔照人，唐玄宗便漸漸淡了對她的鍾愛。後來，楊玉環進宮，回眸一笑百媚生，六宮粉黛無顏色。

楊玉環與江采蘋不同，楊貴妃肌骨豐潤，活色生香。而江采蘋清麗脫俗，身姿窈窕。楊玉環便是「俏麗若三春之桃」，江采蘋自是「清素若九秋之菊」。帝王的目光，漸漸流連在楊玉環身上，對江采蘋就漸漸冷淡了。

江采蘋是倔強的，知情後覲見皇帝，贈詩諷刺。楊玉環不悅，暗自陷害，設法將江采蘋打入冷宮。唐玄宗雖然與楊玉環夜夜笙歌，但偶爾也會記起自己曾經寵愛過的江采蘋。

於是，梅花綻放之季，趁楊妃不在，唐玄宗密遣貼身小太監去請江采蘋到翠華西閣。

江采蘋應邀而來，仍是淡妝素裹，天然風範。西閣之中頓時暗香浮動。唐玄宗見她楚楚動人，又念及舊情，不由得心中有愧，軟語安慰。不料相會之事竟被楊玉環知曉，她不宣自闖，玄宗嚇得把江采蘋藏到屋內夾牆中，江采蘋倍感屈辱。

因為楊玉環的咄咄逼人，玄宗大怒，把楊玉環趕回了娘家。但是趕走楊玉環之後，玄宗又想起她的種種好處，心中思念，於是特派使者來接她回宮。楊玉環賭氣不回，玄宗接了三次，楊玉環才回來。

這時玄宗才記起江采蘋來，於是叫人把江采蘋在閣中留下的鞋子和頭上插的釵飾封起來送去給江采蘋。江采蘋見唐玄宗如此懼怕楊妃，心知他的心思全在楊妃身上，不由得心灰意冷。

她已經年長色衰，青春不再，皇帝移情別戀，她也無可奈何，只是終日憂愁，以淚洗面而已。她也曾想過挽回玄宗的心，曾向高力士投送千金，請他求詞人擬司馬相如爲《長門賦》。但高力士畏懼楊玉環的權勢，不敢代求，回答她說：「無人解賦。」江采蘋心中明白，滿心委屈憤懣，於是自己提筆寫了一篇《樓東賦》，令人呈給唐玄宗，隨信附上自己素日最愛的白玉笛：

玉鑒塵生，鳳奩香殄。懶蟬鬢之巧梳，閑縷衣之輕緣。苦寂寞於蕙宮，但凝思乎蘭殿。信摽落之梅花，隔長門而不見。況乃花心颺恨，柳眼弄愁。暖風習習，春鳥啾啾。樓上黃昏兮，聽風吹而回首；碧雲日暮兮，對素月而凝眸。溫泉不到，憶拾翠之舊遊；長門深閉，嗟青鸞之信修。

憶太液清波，水光蕩浮，笙歌賞宴，陪從宸旒。奏舞鸞之妙曲，乘畫鷁之仙舟。君情繾綣，深敘綢繆。誓山海而常在，似日月而無休。

奈何嫉色庸庸，妒氣沖沖。奪我之愛幸，斥我乎幽宮。思舊歡之莫得，想夢著乎朦朧。度花朝與月夕，羞懶對乎春風。欲相如之奏賦，奈世才之不工。屬愁吟之未盡，已響動乎疏鍾。空長歎而掩袂，躊躇步於樓東。

此賦文采飛揚，言語悽楚，對仗工整，讀之令人動容。玄宗自然也有所觸動，但是他也不敢惹怒了楊貴妃，於是只派人給江采蘋送去一斛珍珠。江采蘋大失所望，便寫了這首詩，將珍珠與詩一起送給玄宗：

桂葉雙眉久不描，殘妝和淚汙紅綃。
長門盡日無梳洗，何必珍珠慰寂寥。

玄宗覽詩，悵然不樂，指示樂府為這首詩譜一個新曲子，取名《一斛珠》。

後來安史之亂爆發，玄宗落逃，完全沒顧上困於冷宮的江采蘋。江采蘋得知一切後，心如死灰。她為保清白用白綾細細裹身，平靜地投井自盡。「質本潔來還潔去，不教汙淖陷渠溝」。

等唐玄宗回京，派人找江采蘋，卻遍尋不著，於是下詔，只要有人找到她，官升兩級，賞錢百萬。

有一宦官獻了一幅江采蘋畫像給唐玄宗，畫中女子淡雅如梅，手中亦持著一枝梅花。唐玄宗睹畫思人，在上面題了一首詩懷念江采蘋：

憶昔嬌妃在紫宸，鉛華不御得天眞。
霜綃雖似當時態，爭奈嬌波不顧人。

最終唐玄宗在溫泉池邊的梅樹底下找到了江采蘋屍體。後來，唐玄宗以妃禮改葬江采蘋。想起她生前最愛梅花，唐玄宗又命人在她的墓地四周種滿各種梅樹，並親手爲她寫下祭文：「妃之容兮，如花斯新；妃之德兮，如玉斯溫。余不忘妃，而寄意於物兮，如珠斯珍；妃不負余，而幾喪其身兮，如石斯貞。妃今捨余而去兮，身似梅而飄零；余今捨妃而寂處兮，心如結以牽縈。」

10.海水尚有涯，相思渺無畔

李季蘭

李季蘭本名李冶，字季蘭，烏程（今浙江湖州吳興）人，生於玄宗開元初年。她容貌極美，也極有詩才天賦。時人稱她爲「女中詩豪」。

李季蘭五歲時，父親帶她到庭院裡去玩，指著薔薇花讓她作詩。李季蘭應聲吟了一首薔薇詩：「經時未架卻，心緒亂縱横。」「架卻」，諧音「嫁卻」。她父親認爲此詩不祥，覺得女兒這麼小就知道待嫁女子心緒亂，長大後恐會失行。於是在李冶十一歲時，家人便送她到了剡中玉眞觀中。

出家爲女道士的她，依然「美姿容，神情蕭散，專心翰墨，善彈琴，尤工格律」，成爲了遠近聞名的女詩人。她與詩人劉長卿、韓揆、閻伯鈞、蕭叔子等人都交往密切，常有詩文往來。

據說她曾經邂逅一位青年，即隱居山中的朱放，兩人有短暫的戀情，後來朱放前往江西爲官，這段戀情就不了了之。但李季蘭顯然是對他牽掛在心的，她曾經寄了這樣一首詩給朱放：

離人無語月無聲，明月有光人有情。
別後相思人似月，雲間水上到層城。

月下的別離，相思如月，晶瑩通透。這首詩清麗委婉，幽怨纏綿，讀之卻不沉重，反而有一種輕盈綽約如風中薔薇的美感。

她的詩作中，最好的應該是這首《相思怨》，也是寫月下的相思，意境高妙清遠：

人道海水深，不抵相思半。
海水尚有涯，相思渺無畔。
攜琴上高樓，樓虛月華滿。
彈著相思曲，弦腸一時斷。

海水有時盡，而相思綿綿無絕。月下上高樓，對海彈出自己心中的相思之曲，掬了滿滿一捧通透的月光。錚然一聲弦斷，明月、大海、女子、古琴，「別有幽愁暗恨生，此時無聲勝有聲」。

她與茶聖陸羽是一生的至交好友，陸羽自一次拜訪之後，嘆服於李季蘭的才情，於是經常來看望李季蘭，兩人煮雪烹茶，談事論文，算是惺惺相惜的知己好友。李季蘭曾有一首《湖上臥病喜陸鴻漸至》就是寫給陸羽的：

昔去繁霜月，今來苦霧時。
相逢仍臥病，欲語淚先垂。
強勸陶家酒，還吟謝客詩。
偶然成一醉，此外更何之。

陸羽雖然精於茶道，爲人厚道，但貌醜口吃，顯然不是李季蘭的擇郎之選。她對陸羽的好友、著名詩僧皎然很有好感，以詩示情。皎然卻早已心如止水，對此一笑了之，寫下一首《答李季蘭》詩表達自己的心意：「天女來相試，將花欲染衣。禪心竟不起，還捧舊花歸。」

李季蘭雖然失望，但對皎然也更爲尊重，兩人遂成知己。

她後來遇到了閻伯均。閻伯均是著名文士蕭穎士的門人，生性活躍，與許多文人都有交往，但是詩才平平，如今留存只有幾首聯句詩，從靈氣到技巧都遠遠不如李季蘭。閻伯均在家中排行第二十六，因此又稱「閻二十六」。

李季蘭與閻伯均墜入愛河，如膠似漆，在這份感情中，她投入了自己的全部心力，對方卻因爲她的女冠（女道士）身份，而只當她是「閑花野草」，逢場作戲而已。終於有一天，閻二十六要告別她去剡縣了。李季蘭在蘇州閶門送別他的時候，感情複雜地寫下了《送閻二十六赴剡縣》：

流水閶門外，孤舟日復西。
離情遍芳草，無處不萋萋。
妾夢經吳苑，君行到剡溪。
歸來重相訪，莫學阮郎迷。

她極爲戀戀不捨，眼見閶門外河流奔湧，落日下一葉孤舟，心中的離情別愁便如同這天地間的萋萋芳草。她確信，在離別之後，她會對情人魂牽夢繞，心會隨著他一起來到浙江剡溪。她也盼望著情人的歸來，希望他不要像神話裡的阮郎一般，沉迷於天臺山的仙女而忘記歸來。

李季蘭還曾作有《登山望閣子不至》、《送閻伯均往江州》、《得閻伯均書》等詩，但結局自然是事與願違，閻二十六一去不返，只留下李季蘭形單影隻。

沒有遇到她的良人，李季蘭就縱情於詩文之中。她的詩以五言擅長，多酬贈遣懷之作。劉長卿對她的詩極其讚賞，稱她爲「女中詩豪」。唐代高仲武《中興間氣集》中評論說：「士有百行，女唯四德。季蘭則不然。形器既雄，詩意亦蕩。」又說她：「上比班姬（婕妤）則不足，下比韓英（蘭英）則有餘。不以遲暮，亦一俊媼。」

李季蘭與薛濤、魚玄機、劉采春一起，被人稱爲「唐代四大女詩人」，但詩才公認在其他三位之上。她的詩雖然存世不多，但品質都很高。宋人陳振孫《直齋書錄解題》著錄《李季蘭集》一卷，今已失傳，僅存詩十六首。清人汪如藻在修編《四庫全書》時進獻給乾隆皇帝的藏書中，也有《薛濤李冶詩集》兩卷。

李季蘭也是冷靜而理性的，所以她寫下了著名的《八至詩》，將最深刻也是最簡單的道理一語道出：

至近至遠東西，至深至淺清溪。
至高至明日月，至親至疏夫妻。

前面三個對比，其實就是爲了引出最後一個令人感觸頗深的道理。夫妻兩人本來相互是一生的依靠，相親相愛，是世界上最親密的兩個人，因此是「至親」，但另一方面，一旦夫妻不再相愛了，相互猜忌或者相互埋怨甚至貌合神離的話，那種心理距離又是最遙遠的，因此爲「至疏」。李季蘭洞悉世情，視角獨到，這首詩深藏哲理，暗隱機鋒。

李季蘭還有一首著名的《寄校書七兄》：

無事烏程縣，蹉跎歲月餘。
不知芸閣吏，寂寞竟何如？
遠水浮仙棹，寒星伴使車。

因過大雷岸，莫忘幾行書。

這首詩是寫寄給一位作校書郎的「七兄」的。其中「遠水浮仙棹，寒星伴使車」一句，畫面感很強，讚美兄長在書海中遨遊的風神儀態，被譽爲「五言之佳境」。唐代高仲武稱：「自鮑照以下，罕有其倫。」

天寶年間，玄宗聞知她的詩才，特地召見她赴京入宮。那時，她已進入暮年，正棲身著名的花都廣陵。接旨後，她只得應命北上。玄宗見到她之後，原來是個漂亮的老婦人，雖徐娘半老，但風姿猶存，如同在那枝頭的薔薇花枯萎了，仍保持著姣好的風姿與幽幽的芬芳。

在去長安之前，李季蘭寫下了一首《恩命追入留別廣陵故人》，詩中既有對自己聲名遠揚的驕傲與欣喜，也有對自己容顏老去的悲哀與感慨：

無才多病分龍鍾，不料虛名達九重。
仰愧彈冠上華髮，多慚拂鏡理衰容。
馳心北闕隨芳草，極目南山望舊峰。

桂樹不能留野客，沙鷗出浦謾相峰。

但這首詩因其格調太低，《四庫全書總目提要》言其「不類冶作」，認爲不是李季蘭自己寫的，乃好事者爲之。

關於她的結局，有兩個說法，一個說法是「安史之亂」爆發後，李季蘭在長安不知所蹤。另一個更爲流行的說法是德宗即位之後，朱泚自立爲帝，佔據長安。在此之間，李季蘭迫於淫威，寫下了恭維新政權的詩。後來德宗重新回到長安，責問李季蘭，並將她當堂亂棒打死。

李季蘭死時七十一歲，一代風流才女，被捲入政治旋渦，竟落得如此悲慘下場。如果當年她並未進京面聖，一直在家鄉自在快活，估計能得到善終吧。她終究也是被虛名所累了。

11. 易求無價寶，難得有心郎

魚玄機

魚玄機，晚唐詩人，長安（今陝西西安）人。初名魚幼微，字蕙蘭。她是唐代有名的才女，自幼天資聰穎，十一歲便拜在溫庭筠門下學詩。

暮春時節，溫庭筠聽說了魚幼微女神童之名，於是專程來拜訪她。溫庭筠見小女孩天眞聰慧，心中喜歡，便出了一道「江邊柳」的考題。小女孩眨眨眼睛，舉筆飽蘸濃墨，很快就寫下了一首五律《賦得江邊柳》：

翠色連荒岸，煙姿入遠樓。
影鋪秋水面，花落釣人頭。
根老藏魚窟，枝低繫客舟。
蕭蕭風雨夜，驚夢復添愁。

溫庭筠愛才，將詩藝傾囊相授。魚幼微在名師指點下，詩藝大進，「尤工韻調，情致繁縟」。溫庭筠很是看重這個聰慧的女弟子，卻未曾料到，年少多情的魚幼微，居然暗暗喜歡上了老師。

據史料記載，溫庭筠雖然詩詞寫得精緻無雙，令人歎絕，但貌醜得難以恭維，被世人稱為「溫鍾馗」。溫庭筠是正直豪爽、瀟灑不羈的，雖然貌醜如鍾馗，但才華橫溢，胸中波瀾，腕底錦繡，都足以讓人眼前一亮。

魚幼微就是這樣愛上了她的老師。她崇拜老師的才華，她大膽地追求老師，寫下了兩首著名的詩，其一為《遙寄飛卿》：

階砌亂蛩鳴，庭柯煙露清。
月中鄰樂響，樓上遠山明。
珍簟涼風著，瑤琴寄恨生。
嵇君懶書禮，底物慰秋情？

其二爲《冬夜寄溫飛卿》：

苦思搜詩燈下吟，不眠長夜怕寒衾。
滿庭木葉愁風起，透幌紗窗惜月沉。
疏散未聞終遂願，盛衰空見本來心。
幽棲莫定梧桐樹，暮雀啾啾空繞林。

溫庭筠無法接受女弟子的一往情深，雖然他玩世不恭，目無下塵，但骨子裡是個極正統的人。後來，溫庭筠得到一個做巡官的機會，便準備離開長安。離開之前，他把少年才子、年輕的狀元郎李億介紹給魚幼微。她便嫁給了李億作爲妾室，那年她剛剛及笄，才十五歲。

溫庭筠的本意是希望她能幸福，卻不料，這成了她不幸的開始。

魚幼微年輕貌美，又文才過人，很受李億寵愛。她知道老師的苦心，也把對老師的癡戀漸漸轉移到李億身上。但只度過了近百日甜蜜溫馨的夫妻生活，她就越來越不見容於李億的夫人。李夫人對貌美多才的魚幼微嫉妒不已。在李夫人的堅持下，魚幼微最終被李億送於京郊咸宜觀爲道士。也就是此時，她由魚幼微變成了魚玄機。

她出家爲道士後，寫下了許多思念李億的詩，如《寄子安》。她不想放手這段難得的愛情，希望像楊柳一樣牽絆住他的客船，希望他的愛情如同長流的流水一般長久，希望他不要沉迷於別的女子而忘記了她：

醉別千卮不浣愁，離腸百結解無由。
蕙蘭銷歇歸春圃，楊柳東西絆客舟。
聚散已悲雲不定，恩情須學水長流。
有花時節知難遇，未肯厭厭醉玉樓。

她還作下《江陵愁望寄子安》，這首詩委婉優美，亦有搖曳不絕的意蘊。她看著江邊的紅楓暮帆，心中湧起對情郎的思念，亦如這滔滔江水，沒有停歇的時候：

楓葉千枝復萬枝，江橋掩映暮帆遲。
憶君心似西江水，日夜東流無歇時。

她盼望著李億來接她回去重聚，望穿秋水卻始終等不到他的身影，她終於死心，寫了一首《贈鄰女》：

羞日遮羅袖，愁春懶起妝。
易求無價寶，難得有心郎。
枕上潛垂淚，花間暗斷腸。
自能窺宋玉，何必恨王昌。

這首詩中，她又是自傲，又是自傷。詩眼便是這句「易求無價寶，難得有心郎」，念之令人感慨。與有情人，做快樂事，生命便圓滿無憾，但現實往往冰冷。

魚玄機花信年華，卻情場失意，自然失落不已。她曾經獨自一人登上崇眞觀南樓，目睹新進士題名，心中又起了感慨，賦詩曰：

雲峰滿目放春晴，歷歷銀鉤指下生。

自恨羅衣掩詩句，舉頭空羨榜中名。

她才華橫溢，如果是一男子，定可以中舉做官，一展抱負，然而她卻是個女子，再怎麼才高於世、再怎麼心高氣傲也是枉然。

她又作有一首《寓言》，感歎「人世悲歡一夢」：

紅桃處處春色，碧柳家家月明。
樓上新妝待夜，閨中獨坐含情。
芙蓉月下魚戲，天邊雀聲。
人世悲歡一夢，如何得作雙成。

在絕望之中，魚玄機性情大變，開始放蕩不羈起來，從而豔名遠揚。而在與侍女綠翹爭風吃醋的過程中，魚玄機失手打死綠翹，被官府抓走處死。死時，魚玄機年僅二十六歲。

她成爲了一抹香豔的傳奇，以一種慘烈的方式，結束了淒豔的生命。

12. 羞將門下曲，唱與隴頭兒

薛濤

薛濤，字洪度，長安（今陝西省西安市）人。薛濤的父親薛鄖在朝廷當官，學識淵博，從小就教她讀書寫詩。薛濤天資聰穎，又受了良好的教育，長大之後，成爲了唐代最爲著名的女詩人之一。

傳說在薛濤八歲那年，父親在庭院裡的梧桐樹下歇涼，指著樹葉道：「庭除一古桐，聳幹入雲中。」薛濤應聲答道：「枝迎南北鳥，葉送往來風。」雖然顯示了過人的詩才，父親卻愀然不樂，因爲詩中所透露出來的徵兆，絕非富貴平和，他擔心起女兒的前途來。

過了幾年，父親薛鄖因病去逝，這時薛濤年僅十四歲。沒有了父親這棵大樹的庇佑，薛濤和母親的生活立刻陷入困境。無依無靠的孤女寡母，又何以養活自己？因此，迫於無奈，薛濤憑藉「容姿既麗」，「通音律，善辯慧，工詩賦」，在十六歲時加入樂籍，成了一名營伎，總算能生活無憂，養活自己和寡母了。

她的美貌與才華傾倒了當時的許多著名詩人，包括白居易、張籍、王建、劉禹錫等詩壇領袖。她和他們詩歌作答，詩才得到了他們的認可。在這些詩中，她還會評價他們的詩歌才情或表露自己的創作體會，體現出自覺的詩學意識，如《酬祝十三秀才》說：

浩思藍山玉彩寒，冰囊敲碎楚金盤。
詩家利器馳聲久，何用春闈榜下看。

在一次酒宴中，當時出任劍南西川節度使的韋皋讓薛濤即席賦詩。薛濤略加思索，當場便寫下了詩作《謁巫山廟》：

亂猿啼處訪高唐，路入煙霞草木香。
山色未能忘宋玉，水聲猶是哭襄王。
朝朝夜夜陽臺下，爲雨爲雲楚國亡。
惆悵廟前多少柳，春來空斗畫眉長。

這首詩借古諷今，無脂粉之氣，有興亡之歎。韋皋大爲稱讚，從此對她另眼相看，賞識有加。

後來，韋皋除了讓薛濤參與一些案牘工作外，還向朝廷打報告，爲她申請「校書郎」一職。「校書郎」的主要工作是撰寫公文和典校藏書。雖然官階僅爲從九品，但這項工作的門檻很高，只有進士出身的人才有資格擔當，詩人白居易、王昌齡、李商隱、杜牧等都是從這個職位上做起的。因此，能夠擔任這個職位的人，都是飽讀詩書、學富五車的。韋皋推薦薛濤去做「校書郎」，這是對她才華的極大認可。

因格於舊例，薛濤未能眞正當上校書郎，但她以詩受知，入幕府做事，成爲不在編的政府女官。她的才名傳了開來，人們稱之爲「女校書」。詩人王建曾作過一首《贈薛濤》來盛讚她的才華，認爲很多男子都比不上她：「萬里橋邊女校書，枇杷花下閉門居。掃眉才子知多少，管領春風總不如。」

薛濤才名遠揚，不免有些恃寵而驕，得意忘形，開始與其他男子交往過密，對韋皋也不像從前那樣恭敬了。韋皋對此十分不滿，一怒之下，下令將她發配松州（今四川省松潘縣），以示懲罰。

松州地處西南邊陲，人煙稀少，走在如此荒涼的路上，薛濤內心非常恐懼。她用詩記錄下自己的感受：

聞道邊城苦，而今到始知。
羞將門下曲，唱與隴頭兒。

她開始後悔自己的輕率與張揚，也清楚了自己的處境。她不過是無依無靠也無足輕重的一個小女子，就算再怎麼才華橫溢，官員輕描淡寫的一句話，便可讓她的命運完全扭轉，她其實並沒有眞正的人身自由，也無法眞正地揮灑個性，恣意妄為。

於是，薛濤研墨提筆，將內心的恐懼訴諸筆端，寫下了悲戚的《十離詩》。這《十離詩》，眞的把自己放低到了塵埃之中，以此來乞求韋皋的原諒。其一《犬離主》寫道：

馴擾朱門四五年，毛香足淨主人憐。
無端咬著親情客，不得紅絲毯上眠。

其十《鏡離台》寫道：

鑄瀉黃金鏡始開，初生三五月裴回。
爲遭無限塵蒙蔽，不得華堂上玉台。

《十離詩》送到了韋皋手上，他畢竟對薛濤有情，很快就心軟了，於是一紙命令，又將薛濤召回了成都。這次磨難，讓薛濤看清了自己的處境，於是更加謹小愼微。

歸來不久，在韋皋的幫助下，她脫離了樂籍，寓居於成都西郊浣花溪畔。在那裡，她採用木芙蓉皮作原料，再加入芙蓉花汁與雞冠花汁，和以清澈的浣花溪水，自製成桃紅色小箋，將秀雅小詩寫於其上，後人仿製，稱「薛濤箋」。後世李商隱《送崔玨往西川》曾贊道：「浣花箋紙桃花色，好好題詩詠玉鉤。」她也寫得一手好字，《宣和書譜》稱薛濤：「作字無女子氣，筆力峻激，其行書妙處，頗得王羲之法，少加以學，亦衛夫人之流也。」

她依然保持著和眾詩人的來往與唱和，繼續寫詩，思致俊逸。她寫詩五十餘年，自已選了五百首詩，刻為《錦江集》五卷出版。現在都已經散佚了。她現存九十首詩，見於各種選集，後人曾編輯有《薛濤集》。

在薛濤四十二歲的時候，三十一歲的詩人元稹以監察御史的身份奉命出使地方，並慕名去拜訪薛濤。元稹是風流才子，才貌雙全，談吐不凡。談詩論文之後，薛濤被元稹的外貌和才情吸引住了，元稹也傾慕於薛濤的才華，於是兩人便相戀了。

這也是她一生中短暫擁有愛情的幸福甜蜜時光。兩人唱和作品很多，只是如今多已流散不存。元稹寫下了一篇《寄贈薛濤》，盛讚她的美貌與才學，並把她與漢代著名才女蔡文姬相提並論：「錦江滑膩蛾眉秀，幻出文君與薛濤。言語巧偷鸚鵡舌，文章分得鳳凰毛。紛紛辭客多停筆，個個公卿欲夢刀。別後相思隔煙水，菖蒲花發五雲高。」

可惜這段旖旎時光不過只有三個月，後來元稹便調離川地，任職洛陽。而作為風流才子的元稹，也不會真的把薛濤當作畢生摯愛，離開之後，便把她拋之腦後。

她思念過，憂傷過，曾作《贈遠》二首，情致纏綿：

擾弱新蒲葉又齊，春深花落塞前溪。
知君未轉秦關騎，月照千門掩袖啼。

芙蓉新落蜀山秋，錦字開緘到是愁。
閨閣不知戎馬事，月高還上望夫樓。

秋天的夜晚，寂靜無聲，她聽到細微的泉水汩汩之聲，牽動心中情思，於是作了一首動靜結合、虛實相宜的《秋泉》：

冷色初澄一帶煙，幽聲遙瀉十絲弦。
長來枕上牽情思，不使愁人半夜眠。

秋去春來，她看到鴛鴦草嫣然可愛，鴛鴦草便是金銀花，金色和銀色的花兒兩兩相對開放，因此得名。她又觸動心事，寫下一首小巧通透的《鴛鴦草》：

綠英滿香砌，兩兩鴛鴦小。
但娛春日長，不管秋風早。

春日裡柳絮漫天，她作下《柳絮》：

二月楊花輕復微，春風搖盪惹人衣。
他家本是無情物，一向南飛又北飛。

見到綠池上雙雙對對的鳥兒，她又作下《池上雙鳥》：

雙棲綠池上，朝暮共飛還。
更憶將雛日，同心蓮葉間。

她還作下四首春望詞，亦是含蓄地傾訴心中相思：

花開不同賞，花落不同悲。
欲問相思處，花開花落時。

攬草結同心，將以遺知音。
春愁正斷絕，春鳥復哀吟。

風花日將老，佳期猶渺渺。
不結同心人，空結同心草。

那堪花滿枝，翻作兩相思。
玉箸垂朝鏡，春風知不知。

她把詩句寫在自製的深紅色松花小箋上，寄給元稹，先後寄了一百餘箋，但她從沒有得到過元稹的回應。她是個聰明而理智的女子，知道要收回自己的愛情了。刻骨銘心地愛過一場，然後忘了他，再繼續按自己的意願去過好自己的生活，對她來說，已經是足夠傳奇而圓滿的一生了。

她已經四十多歲，也該去過一種相對平靜的生活了。於是，她從此脫下紅妝，換上了一襲灰色的道袍，從絢爛沉澱到了淡然。她離開了浣花溪，移居到碧雞坊（今成都金絲街附近），築起了一座吟詩樓，獨自靜靜老去。

十年之後，薛濤將自己所作之詩寄給了元稹，並隨信作下一首《寄舊詩與元微之》：

詩篇調態人皆有，細膩風光我獨知。
月下詠花憐暗澹，雨朝題柳爲欹垂。
長教碧玉藏深處，總向紅箋寫自隨。
老大不能收拾得，與君開似教男兒。

她此時已經五十歲了，情愫埋在心裡，愈發深沉，但她沒有陷入其中，而是將情意綿綿藏入心底，令它滋養自己的靈魂。她是冷靜而智慧的女子，因此，她得享高壽。

大和六年（832）夏，薛濤逝世，時年七十二歲（另《全唐詩》小傳認爲她卒年七十五歲）。第二年，曾任宰相的段文昌爲她親手題寫了墓誌銘，墓碑上寫著「西川女校書薛濤洪度之墓」。

13. 昨日北風寒，牽船浦里安

劉采春

在唐代，越州人劉采春是江南一帶極受歡迎的歌者。據說，只要劉采春的《囉嗊曲》響起，「閨婦、行人莫不漣泣」，可見其流行程度。劉采春生得神清骨秀，明眸皓齒，兼舉止秀媚，如帶露花瓣，風姿動人，見者無不爲之傾倒。更重要的是，她有著清亮高亢的好嗓子，「歌聲徹雲」，聽者有繞梁三日之感，而她曼聲而歌時又如黃鸝出谷，音色悅耳。

《囉嗊曲》是劉采春的代表歌曲。方以智《通雅・卷二十九・樂曲》云：「囉嗊猶來羅。」「囉嗊」是「來羅」的意思，相當於唱著「歸來喲」，有盼望遠行人回來之意，是充滿惆悵和憂愁的離別之歌。

當時，大批商人長期在外，夫妻異地分居，商人的妻子盼丈夫早歸，在家苦苦等待。而劉采春美妙的歌聲，細膩悠長地唱出了當時因「商人重利輕別離」而獨守空閨的商人之婦的心思，引發了她們的共鳴。《雲溪友議》記：「采春一唱是曲，閨婦行人，莫不漣泣。」因此，她當時大受歡迎。

劉采春不僅歌喉出眾，還有著過人的文采。據說她所唱的《囉嗔曲》共有一百二十首，首首都是她自己作詞作曲，可謂是全能型歌手，「唐人朝成一詩，夕付管弦」。不過可惜的是，《全唐詩》只收錄了六首《囉嗔曲》，其他的則沒有流傳下來：

不喜秦淮水，生憎江上船。
載兒夫婿去，經歲又經年。

借問東園柳，枯來得幾年。
自無枝葉分，莫恐太陽偏。

莫作商人婦，金釵當卜錢。
朝朝江口望，錯認幾人船。

那年離別日，只道住桐廬。
桐廬人不見，今得廣州書。

昨日勝今日，今年老去年。
黃河清有日，白髮黑無緣。

昨日北風寒，牽船浦里安。
潮來打纜斷，搖櫓始知難。

管世銘在《讀雪山房唐詩鈔》中說：「司空曙之『知有前期在』，金昌緒之『打起黃鶯兒』……劉采春所歌之『不喜秦淮水』，蓋嘉運所進之『北斗七星高』，或天眞浪漫，或寄意深微，雖使王維、李白爲之，未能遠過。」這《囉嗊曲》又名《望夫歌》。

劉采春生活於藝術世家，她的丈夫周季崇和夫兄周季南都是有名的伶人，劉采春家中三人組成一個家庭戲班，四處走穴。就這樣，劉采春跟著丈夫和夫兄四處漂泊，倒也逍遙自在。她的美貌與歌喉傾倒了很多人，當時的著名詩人元稹也是在一見之下，心旌搖盪，寫了一首《贈劉采春》：「新妝巧樣畫雙蛾，謾里常州透額羅。正面偷匀光滑笏，緩行輕踏破紋波。言辭雅措風流足，舉止低迴秀媚多。更有惱人腸斷處，選詞能唱望夫歌。」

元稹當時本是和才女薛濤熱戀，但是不巧遇到了劉采春，一見之下，元稹神魂顛倒，完全忘卻了薛濤，轉而追求劉采春。

有記載說劉采春接受了元稹的追求，元稹給了劉采春丈夫一筆錢，納其爲妾，一起共同生活了七年。也有記載說劉采春性格剛烈，並不理會元稹，還寫下了一首詩：

聞道瞿塘灩堆懷，高山流水近陽臺。
旁人哪得奴心事，美景良辰永不回！

還有人傳說劉采春因誓死不從，一氣之下自盡。但她到底結局如何，卻不得而知。只是她的歌喉與風姿，卻在元稹的詩裡被完整地呈現出來，流傳千年。

14. 自理劍履歌塵絕，紅袖香消一十年

關盼盼

關盼盼出身於書香門第，從小便精通詩文，能歌善舞，長大之後體態婀娜，姿容美豔。但不久關家家道中落，關盼盼不得已只能流落風塵，後被徐州守帥張愔重禮聘娶爲妾。

張愔於唐憲宗元和年間（806—820）出守徐州，他雖是武官，卻愛好風雅，對關盼盼的才華十分欣賞，對她很是寵愛。白居易當時官居校書郎，有一次來到徐州，張愔便邀他到府中，設宴款待。

關盼盼愛好詩書，自然對這位大詩人也傾慕已久，見到詩人本人，很是歡喜。宴席上，張愔讓盼盼歌舞助興。關盼盼便唱起了《長恨歌》，跳起了《霓裳羽衣舞》，歌聲清亮動聽，舞姿更是婀娜柔美，如一朵嬌豔動人的牡丹花，令人驚豔不已。白居易見了，不禁爲之傾倒，當即揮筆，寫下一首詩讚美關盼盼：「醉嬌勝不得，風嫋牡丹

花。」大詩人此詩一出，關盼盼美名遠揚。

兩年之後，張愔不幸病逝於徐州。張愔死後，張府中的姬妾很快風流雲散。只有關盼盼念著張愔對自己的恩情，又感於他對自己的愛意，決定要爲張愔守節。她隻身移居到徐州城郊雲龍山麓的燕子樓，只有一位僕婢相從。

燕子樓依山傍水，風景旖旎，是張愔生前爲關盼盼興建的一處別墅。失去了丈夫，她不再輕歌曼舞，也疏於梳妝打扮，平日裡深居簡出，粗茶淡飯，只是靜心寫詩以自娛而已。關盼盼就這樣靜靜度過了十一年光陰。

元和十四年（819），曾在張愔手下任職多年的司勳員外郎張仲素前往拜訪白居易。張仲素與關盼盼相熟，對於她青春守寡、死灰槁木的生活非常同情，而對於她的詩才更是十分欣賞。於是，此行他特地攜帶了關盼盼所寫的《燕子樓新詠》三首上呈給白居易，希望能夠得到大詩人的青睞，從而幫關盼盼再次揚名。白居易接過詩卷，展開細看：

樓上殘燈伴曉霜，獨眠人起合歡床；
相思一夜情多少，地角天涯未是長！

北邙松柏鎖愁煙，燕子樓中思悄然；
自理劍履歌塵絕，紅袖香消一十年。

適看鴻雁岳陽回，又睹玄禽逼社來；
瑤琴玉簫無愁緒，任從蛛網任從灰。

關盼盼在詩中訴說了她對夫君的思念，描述了她寡居的痛苦。白居易不由得也甚為感歎，但轉念一想，關盼盼既然如此情深義重，為何不乾脆殉節呢？白居易於是依韻和詩三首：

滿窗明月滿簾霜，被冷燈殘拂臥床。
燕子樓中寒月夜，秋來隻為一人長。

鈿帶羅衫色似煙，幾回欲起即潸然。

自從不舞霓裳曲，疊在空箱一十年。
今春有客洛陽回，曾到尚書墳上來。
見說白楊堪作柱，爭教紅粉不成灰。

爲了讓關盼盼更加明白他的意思，他又再附上一首七言絕句：

黃金不惜買娥眉，揀得如花四五枚。
歌舞教成心力盡，一朝身去不相隨。

張仲素回到徐州，把白居易爲關盼盼所寫的四首詩帶給了她。關盼盼接到詩箋，細讀之後，不禁花容失色。沒有想到，白居易對她的寡居生活不但沒有同情，反而希望她能夠以死明志，逼她殉節，禁不住淚流滿面。她已經生活得夠辛苦了，卻想不到還要苦上加苦。

張仲素見狀，心中又愧疚又後悔。他攜詩去找白居易，本來是想幫關盼盼一把，卻沒想到竟然得到這個結局。誰知道大詩人竟是這樣狹小的心胸與迂腐的見識？張仲素難過不已，只得在一旁陪著她暗暗落淚。

哭過之後，關盼盼忍淚磨墨，素手提筆，依白居易詩韻奉和七言絕句一首：

自守空樓斂恨眉，形同春後牡丹枝。
舍人不會人深意，訝道泉台不相隨。

從那天開始，關盼盼就開始絕食。徐州一帶知道情況的文人對她十分同情，紛紛寫詩勸誡，但關盼盼死意已決。十天之後，一代佳人終於香消玉殞於燕子樓上。彌留之際，她虛弱不堪，勉強提筆寫下：

兒童不識沖天物，漫把青泥汙雪毫。

她歎息自己的德行操守不能被淺薄的人所理解，但她此時也已不在意了。

關盼盼死後，白居易也頗感內疚。為了彌補自己的過失，他想為關盼盼做點事情，於是多方托人，將關盼盼的遺體安葬到張愔的墓側，讓她得到世人的認同與身後的安寧。

宋朝蘇軾曾夜登燕子樓，晚上夢見了一代佳人關盼盼，醒來之後，甚爲憐憫和感歎，於是作了一首《永遇樂》詞：

明月如霜，好風如水，清景無限。曲港跳魚，圓荷瀉露，寂寞無人見。如三鼓，鏗然一葉，黯黯夢雲驚斷。夜茫茫，重尋無處，覺來小園行遍。

天涯倦客，山中歸路，望斷故園心眼。燕子樓空，佳人何在，空鎖樓中燕。古今如夢，何曾夢覺，但有舊歡新怨。異時對，黃樓夜景，爲余浩歎。

15. 蓄意多添線，含情更著棉

開元宮人

一入宮門深似海。古代宮女有幸承蒙皇帝寵倖的很少，因此深宮之中，難免有著深沉閨怨。她們渴望獲取自由，獲取幸福，於是，她們會透過各種各樣的方式，尋找希望，寄託憂思。

唐代邊塞軍人的寒衣都由宮人縫製。在唐玄宗開元年間（713—741），有一個宮人，在縫製軍袍的時候，偷偷地題了一首詩放在袍中，是爲《袍中詩》：

沙場征戍客，寒苦若爲眠。
戰袍經手作，知落阿誰邊？
蓄意多添線，含情更著棉。
今生已過也，願結後生緣。

這首詩的大意是說，在沙場上征戰的戰士們啊，受盡寒冷辛苦，夜晚怎麼能夠睡著覺呢？我親手縫製的這領戰袍，誰知道會落在誰的身上呢？我故意在縫製時多用了些線，又多塞了些棉花，這些都表示著我對你的情意呀。今生今世也就過去了，如果有緣的話，我願和你在來生來世再結姻緣，成為夫妻。

宮人其實並不知道誰會得到這件戰袍，她只是把一腔柔情與對美好生活的期望，全部寄予在這首詩裡，並將其細細地縫進了袍子裡，把棉花絮厚，又把針腳縫密。她祈求有人會發現它。這首詩沒有用到任何典故，也沒有炫耀寫作技巧，只是一腔真情，娓娓道來，委婉真摯，十分動人。

碰巧真有一位戰士得到了這領戰袍，也發現了這首詩，立刻報告了主帥，主帥得詩，不敢隱瞞，就將此詩呈給了唐玄宗。

唐玄宗得詩，馬上把六宮的宮人召集起來，把這首詩展示給宮人，說：「有作者勿隱，吾不罪汝。」真的有一位宮人戰戰兢兢地站出來叩頭，並說自己罪該萬死，希望得到唐玄宗的寬恕。

宮人沒有想到的是，唐玄宗看了詩之後，被詩中的真情所打動，對她很是憐憫，於是做主把她嫁給了那位得詩的邊塞戰士。

這位宮人曾於燈下獨自縫補衣服，獨自憂傷惆悵，她只想過上平凡溫暖的夫妻生活。因爲遇到了一位仁慈的帝王，她終於夢想成眞了。

16. 聊題一片葉，寄與有情人

天寶宮人

唐玄宗天寶年間（742—756），著名詩人顧況來到洛陽，春天裡杏花吹滿頭，暖風裡都是草木的清香。於是，顧況沿著宮牆信步而行，欣賞這滿目的春光。牆邊有一御溝，清澈的水流緩緩從宮內流出，水流裡倒映著藍天白雲的影子。顧況忽然發現一片顏色深紅的梧桐樹葉，在潺潺水流中浮泛而來，紅葉在倒映的藍天白雲中靜靜穿行，很是好看。他不由得奇怪，這個季節，怎麼會有落葉呢？好奇之下，他俯下身，輕輕地把那枚梧桐葉拾起，仔細一看，上面用娟秀的字跡寫有一首詩：

一入深宮裡，年年不見春。

聊題一片葉，寄與有情人。

他本是無心，看到這麼一首詩，便驚訝起來，奇怪了，葉子上居然有詩，這詩是誰寫的？這葉子是從宮牆內飄出來的，那麼寫詩的，只能是牆內的宮女。

捧著這枚美麗的梧桐葉，顧況好像看到了一個窈窕清秀的女子，靈慧多才，且有一份異想天開的小女兒心思，不由得心動。可是，連她是誰他都不知道。怎麼辦？

看著那仍在潺潺流動的清澈水流，詩人突發奇想，衝動之下，他跑到這條溪流的上游，也在一片梧桐葉上寫了一首詩：

> 花落深宮鶯亦悲，上陽宮女斷腸時。
> 君恩不閉東流水，葉上題詩寄與誰？

詩寫好後，顧況把梧桐葉放入溪流中，直至看著這片梧桐葉流入了宮牆，他才急忙離開，又回到原地，等待回音。有一份憧憬和期待，這等候的時光，寸寸都是美妙難言的。

時間隨著流水緩緩而逝，天漸漸黑了。但顧況仍然堅持站在那裡等著。他相信那個靈慧的女子，肯定有著同樣敏銳的心思，能夠明白並回應他的心意。他忽然有一種感覺，他會遇見他這一生中最重要的女子。

在夕陽徐徐湧起的餘暉中，忽然，他發現了一枚寫滿了雋秀小字的梧桐葉，在水流中緩緩漂來！顧況大喜，趕緊輕輕俯身，像捧一顆心似的，把它捧了出來。葉上果然又題了一首詩：

一葉題詩出禁城，誰人酬和獨含情？
自嗟不及波中葉，蕩漾乘春取次行。

顧況把這首詩讀了一遍又一遍，禁不住醉了。他感到自己的心靈和另外一顆心是相通的，茫茫人海，他遇到了她，那個與自己靈魂相契的愛人。

自此以後，顧況常常與宮女梧桐葉傳情，兩人已經互定終身。「安史之亂」爆發後，洛陽失守，顧況與心上人攜手外逃，隱居於山野之中。

那枚在水流中輕輕漂動，承載著所有憧憬、甜蜜、幸福、等候的梧桐葉，以及顧況和他心上人的這三首詩，從此成爲了一段佳話。

此書見載於《本事詩》。唐代類似題梧桐葉的宮怨詩，還有德宗宮人的《題花葉詩》、宣宗宮人的《題紅葉》等。層層宮牆束縛住了宮女們的青春活力與情感才華，只有這麼幾首潺潺流水上的題葉詩流傳了下來。

17. 休零離別淚，攜手入西秦

王韞秀

王韞秀，祖籍祁縣，後移居華州鄭縣（今陝西省華縣）。河西節度使王忠嗣之女，宰相元載之妻。

王韞秀是個很有個性的女子，「悍驕戾逕」，並不是一味柔順溫婉。她出身名門，父親王忠嗣曾身兼河西、隴右、朔方、河東四鎮節度使，掌握全國勁兵。他重用將才，屢立戰功，後來被奸相李林甫忌憚，誣告其謀反，因此王忠嗣被玄宗遠貶。王韞秀經歷了家庭由盛轉衰的過程，胸中自有憤懣不平之氣，希望能夠重振家業。而她是一女子，不能博取功名，因此，便把希望寄託到了丈夫身上。

王韞秀和丈夫元載剛成親時，元載家境很貧寒，不得不借住在岳父家裡，因而屢屢受到岳父家人的歧視嘲笑。時間一長，夫妻二人都是倍感屈辱，無法忍受。於是，王韞秀勸說丈夫去長安遊學，以增長見識，求取功名。

元載聽從了妻子的建議。臨行時，他賦詩一首《別妻王韞秀》和王韞秀作別，訴說自己的委屈，也表露自己的決心：

年來誰不厭龍鍾，雖在侯門似不容。
看取海山寒翠樹，苦遭霜霰到秦封。

王韞秀見詩之後，爲丈夫的不甘平凡、胸懷大志而感到安慰，於是下定決心離開娘家陪伴丈夫。她寧願和元載一起受窮，也不願受家裡人的冷嘲熱諷。她是個言出必行的女子，隨即便收拾好家中細軟，與丈夫一起出走。臨走時她寫下了《同夫遊秦》的詩，以明心意：

路掃饑寒跡，天哀志氣人。
休零離別淚，攜手入西秦。

這首詩果斷剛毅，清代詩論家陸昶贊道：「其偕夫一首，何等警挺！」

元載夫妻攜手入秦以後，因元載學問超群，屢陳時務，得近權貴，深合上意，很快得到皇帝的器重。皇帝提拔他當了中書，繼而又提拔他當了宰相，其權勢超過了當年的岳父。

在官場上，元載一帆風順，春風得意。王韞秀妻憑夫貴，就這樣由落魄貧女變成了宰相夫人。當時對他們百般嘲弄、不拿正眼看他們的王家人，此時對他們都畢恭畢敬。世態炎涼，人情冷暖，王韞秀算是都見識到了。

日子過得富貴悠遊，生活是不愁了，然而新的憂慮又湧上了王韞秀的心頭。元載在相位多年，權傾四海，家資豪富，收集了不少外方珍異，而他也開始貪贓納賄，生活奢侈，寵愛薛瑤英等姬人，而對上門賓客也漸漸怠慢。王韞秀知道人是會變的，但她沒有想到，有一天，她的丈夫會變得如此陌生。王韞秀對此感到不安，曾經寫詩《喻夫阻客》相勸：

楚竹燕歌動畫梁，春蘭重換舞衣裳。
公孫開閣招嘉客，知道浮榮不久長。

但是元載再也聽不進去了。她無可訴說，只好給自己的妹妹寫了一首詩，表明自己的擔憂之意：

相國已隨麟閣貴，家風第一右丞詩。
笄年解笑鳴機婦，恥見蘇秦富貴時。

詩中用蘇秦的典故。蘇秦求官不得，回家時，妻子正在織布。妻子因為瞧不起丈夫，也不下機迎接。而在這裡，王韞秀是反用其意，認為蘇秦的妻子更應該為蘇秦掛六國相印卻富貴驕奢而羞恥。

在最困難的時期，夫妻倆心心相印，彼此扶持，不離不棄，終於守得雲開見月明。但是在富貴之後，元載卻背離初心，移情別戀，又兼性情大變，夫妻倆貌合神離。她的勸誡之詩，丈夫一首都沒有看進去。共患難，卻不能共富貴，王韞秀傷感不已，又無可奈何。

後來元載終於因為貪吝被代宗賜死，他的兒子元伯和、元仲武等都被殺。元載的寵姬在此時卻轉作他人的妾室，毫不留情地拋棄了他和他的家庭。

按唐律，元載家的妻女並未處斬，只被投入宮中做粗活。但王韞秀不願苟活偷生，她說：「王家十二娘子，二十年太原節度使女，十六年宰相妻，死亦幸矣，堅不從命！」於是她被官府笞杖齊下，活活打死。

18. 如今妾面羞君面，君若來時近夜來

杜羔妻

杜羔妻是唐代進士，洹水（今河南內黃）人杜羔的妻子，是一個頗有文才的女詩人。典籍中沒有記下她的全名，只記錄了她姓趙。《全唐詩》中存有她的四首詩。從詩中可以看出，她生性活潑，毫不拘謹，還經常跟夫婿開玩笑。

她的夫婿杜羔是唐初中書令杜正倫的五世孫，也是當時有名的孝子。他的父親死於安史戰亂，他歷經千難萬險尋母，並將其父遺骨歸葬。他登第後歷官三十多年，官至振武節度使。

杜羔妻嫁給杜羔的時候，杜羔家庭很是貧困。他和妻子都把改善生活的希望，寄託在一舉中第上面。可惜杜羔雖然刻苦攻讀，自負高才，卻仍然屢試不第，備受打擊。有一次杜羔信心滿滿地去應考，卻仍然落第，滿面羞愧地回來了。杜羔妻子聽說丈夫又落第了，心中自然不快。於是她在杜羔快要到家的時候，寫了首《夫下第》寄給他，調侃

夫君的窘況：

良人的的有奇才，何事年年被放回？
如今妾面羞君面，君若來時近夜來。

杜羔妻子諷刺杜羔總是說自己有奇才，既然有奇才，爲何年年都中不了第？如今又下第了，就這麼灰溜溜地回來，自然顏面無光，如果想要回家的話，最好就趁晚上沒人看見的時候回來吧。

這首詩雖然是妻子善意的調侃，但甚爲辛辣，杜羔的面子肯定是掛不住的。大約是受了這首詩的刺激，杜羔越發奮發圖強，刻苦攻讀，終於在德宗貞元五年（789）登進士第。杜羔妻子知道杜羔終於中第之後，歡喜無限，作了一首《雜言》詩：

上林園中青青桂，折得一枝好夫婿。
杏花如雪柳垂絲，春風蕩颺不同枝。

在這首詩裡，杜羔妻子盛讚丈夫，並爲他感到自豪。丈夫蟾宮折桂，而她就「折得一枝好夫婿」。因爲心情歡暢，所以她看到的景致也都是一派欣欣向榮，杏花如雪，柳若垂絲，暖風熏人醉。

然而與此同時，杜羔妻有了新的憂慮。杜羔今非昔比，也算是年輕有爲，長安城燈紅酒綠，杜羔又是春風得意，不會受不了誘惑吧。於是，她歡喜之後，又轉爲焦慮，寫下了一首《聞夫杜羔及第》：

長安此去無多地，郁郁葱葱佳氣浮。
良人得意正年少，今夜醉眠何處樓？

杜羔妻的乍喜又愁，正是小女人的典型心理。在丈夫處於低谷的時候，未免有些嫌棄他，怒其不爭；但等他眞正出人頭地了，又擔心他會把自己拋之腦後。實際上，杜羔對妻子是甚爲疼愛的，夫妻倆感情很好，杜羔也沒有像妻子想像中那樣得意忘形、拋棄糟糠之妻。

杜羔妻是個頗有情調的女子。伊世珍的《郗媛記》和王象的《群芳譜》均有記載說，杜羔妻每於端午時，便採集一些合歡花，曬乾後藏於枕中。當她見丈夫鬱鬱寡歡之時，便拈少許浸入杯酒之中，命丫環奉上。杜羔喝酒後便覺歡然，兩人於是一夕繾綣。杜羔歷振武節度使，仕至工部尚書。但他宦遊在外，路途辛勞，且夫妻久不得見，杜羔妻難免空閨寂寞。於是，她又把這種種複雜情緒訴諸詩，寄給丈夫：

君從淮海遊，再過蘭杜秋。
歸來未須臾，又欲向梁州。
梁州秦嶺西，棧道與雲齊。
羌蠻萬餘落，矛戟自高低。
已念寡儔侶，復慮勞攀躋。
丈夫重志氣，兒女空悲啼。
臨邛滯遊地，肯顧濁水泥。
人生賦命有厚薄，君但遨遊我寂寞。

杜羔有一首《享惠昭太子廟樂章登歌》詩傳世：

因心克孝，位震遺芬。
賓天道茂，軫懷氣分。
發祇乃祀，咳歎如聞。
二歌斯升，以詠德薰。

杜羔還有兩段與李益、廣宣的聯句，皆詩意平平，無足稱道。杜羔妻的詩才是遠遠超過丈夫的。

19. 想到千山外，滄江正暮春

裴淑

裴淑，唐代著名詩人元稹繼妻，字柔之，河東聞喜（今屬山西）人。她出身士族，頗有才思。

元稹考中進士後娶韋叢爲妻，韋叢是新任京兆尹韋夏卿之女。韋叢雖然出身貴族，卻溫婉賢慧，持家有道。809年，韋叢去逝，年僅二十七歲。她和元稹生了幾個孩子，但只有一個女兒存活。韋叢死後，元稹傷心欲絕，寫出《遺悲懷三首》和《離思五首》以悼亡妻韋叢。

韋叢死時，元稹不過三十一歲。一年之後，他在江陵納安仙嬪爲妾，安仙嬪是元稹的朋友李景儉的表妹。元稹納了安仙嬪之後，基本上便停止了對韋叢的悼念，把心思與愛意全部轉在安仙嬪的身上。不幸的是三年之後，安仙嬪留下一個孩子後也去逝了。

又過了一年，元稹續娶了裴淑。裴淑是山南西道涪州（今重慶市涪陵區）刺史裴鄖的女兒，透過權德輿做媒，元稹與裴淑結婚。裴淑也是大家閨秀，工於作詩。婚後兩人感情甚爲融洽。但因元稹在外做官，兩人聚少離多，裴淑捨不得丈夫遠去，每每流露出哀傷之意。後來元稹官遷會稽（今浙江省紹興市），賦詩《初除浙東，妻有阻色，因以四韻曉之》：

嫁時五月歸巴地，今日雙旌上越州。
興慶首行千命婦，會稽旁帶六諸侯。
海樓翡翠閑相逐，鏡水鴛鴦暖共遊。
我有主恩羞未報，君於此外更何求。

829年，元稹被封尚書左丞，出外當差，直到年終才回家。此時裴淑剛剛生了一個兒子，見到丈夫自然喜出望外。次年正月，元稹被授命出任武昌軍節度使兼鄂州刺史，又要離家而去。

裴淑不捨丈夫離去，心中非常傷悲，面上也不由得浮現出不捨來。元稹聽到宅內慟哭之聲，很是悲戚，一問之下，原來是自己的夫人。爲了安慰妻子，元稹又寫了一首詩：

窮冬到鄉國，正歲別京華。
自恨風塵眼，常看遠地花。
碧幢還照曜，紅粉莫諮嗟。
嫁得浮雲婿，相隨即是家。

裴淑亦作詩《答微之》：

侯門初擁節，御苑柳絲新。
不是悲殊命，唯愁別近親。
黃鶯遷古木，朱履從清塵。
想到千山外，滄江正暮春。

春日暖意融融，柳葉新碧，正是夫妻團聚之日，不料丈夫又要遠行。她所悲哀的，不是朝廷對於元稹的任命，而是悲哀丈夫又一次的別離。她希望自己能夠像黃鶯跟隨古木，朱紅鞋踏及塵土一般跟隨著丈夫，以解自己的相思之苦。只要一想到丈夫將要趕赴遠方啊，她心中不由得浮現蒼涼之意，彷彿暮春降臨了滄江。

清代詩論家陸昶認爲：「觀贈達二詩不甚低昂，而其結句之『滄江正暮春』五字卻警煉，勝於稹，通首無一勁挺之句。」陸昶認爲裴淑在這首詩中所展現的詩才更在元稹之上。只可惜裴淑忙於照顧三個孩子，也沒有更多的時間進行文學創作，她的傳世之作就只有這麼一首。

雖然元稹是有名的風流才子，婚姻之外，還和薛濤、劉采春等有染，但裴淑對元稹仍是一往情深。元稹去逝後，她憂鬱成疾，兩年後也離開了人世。

20. 回看眾女拜新月，卻憶紅閨年少時

張夫人

張夫人，楚州山陽（今江蘇省淮安市）人，爲大曆十才子之一的詩人吉中孚的妻子。吉中孚爲進士出身，後爲翰林學士，他神骨清虛，吟詠高雅，而他的夫人張氏亦是一位善吟詠的才女。《全唐詩》裡存有她的五首詩，題材新穎，別出心裁，很是清新秀逸。

張夫人寫有一首《拜新月》，這是她的名篇。寫此詩時，她已經是飽經滄桑的中年女子，詩裡充滿對青春歲月、少女時光的無限懷念與悵惘：

拜新月，拜月出堂前。
暗魄初籠桂，虛弓未引弦。
拜新月，拜月妝樓上。

鸞鏡始安台，蛾眉已相向。
拜新月，拜月不勝情，庭花風露清。
月臨人自老，人望月長明。
東家阿母亦拜月，一拜一悲聲斷絕。
昔年拜月逞容輝，
如今拜月雙淚垂。
回看眾女拜新月，卻憶紅閨年少時。

唐代女子有拜新月的習俗。在新月冉冉升起的晚上，女子對著初升的新月禱告心願，祈求自己的幸福。這天晚上，張夫人看到一群少女在拜新月，不勝感慨。依然是庭花香溢，風清露濃，彷彿還是自己年輕時的那些夜晚，可眼前那些拜新月的，又是新一代的少女了。她只覺年華如水，紅顏易逝，新月常在，而人已老去。此時鄰居老婦也在拜月，蒼老憂愁的面容與光華燦爛的少女們，形成了鮮明的對比。老婦回憶起自己昔日風華正茂時拜月，青春姣好的面容可以和月亮爭輝，而如今卻老態龍鍾。張夫人看看老人，再看看那群天真爛漫的拜月少女，一個是她的未來，一個是她的過去，她不禁回憶起自己年少閨中的無憂歲月。《拜新月》全詩勾勒出一幅眾女拜月的風情民俗圖，栩栩如生。這首詩歷來受到文士稱讚。沈德潛曾評價：「名士老年回憶青燈誦讀時，亦復如是。」

女子愛美，張夫人自然也不例外。她曾經在閨房之外，拾得一枚花鈿，得知是一位姓韋的夫人所棄，不由得感歎。花鈿曾經也是韋夫人的心頭之愛，曾經被她的纖纖素手拈起，緩緩插入鬢髮之中，也曾經令她開顏一笑，如何能捨得丟棄呢？她因此事，也賦詩一首《拾得韋氏花鈿以詩寄贈》：

今朝妝閣前，拾得舊花鈿。
粉污痕猶在，塵侵色尚鮮。
曾經纖手裡，拈向翠眉邊。
能助千金笑，如何忍棄捐。

從這首詩裡能看出，張夫人是一位戀舊懷舊之人，性情溫厚寬和。

作為一位官吏夫人，張夫人卻很關注並同情農民的疾苦，懷著一份悲天憫人的情懷，寫下了一首《古意》：

轆轤曉轉素絲綆，桐聲夜落蒼苔磚。
涓涓吹溜若時雨，濯濯佳蔬非用天。
丈夫不解此中意，抱甕當時徒自賢。

她也有別出心裁的小詩。喜鵲在人們心中是喜事盈門的象徵，但張夫人在詩中一反其意，道家無喜事，要喜鵲不必過來，令人耳目一新，她作的是《誚喜鵲》：

疇昔鴛鴦侶，朱門賀客多。
如今無此事，好去莫相過。

她見春日裡柳絮如雪，與落花共舞，很覺有趣，也曾作詩詠柳絮，語出自然，清新可愛：

靄靄芳春朝，雪絮起青條。
或值花同舞，不因風自飄。
過尊浮綠醑，拂幌綴紅綃。
那用持愁玩，春懷不自聊。

她還有一些清麗之句流傳了下來，記錄在《吟窗雜錄》中，但有句無篇，如「游蜂乍起驚落墀，黃鳥銜來卻上枝」（《柳絮》），「臨風重回首，掩淚向庭花」（《寄遠》），「鏡中春色老，枕前秋夜長」（《詠淚》）。

21.神魂倘遇巫娥伴，猶逐朝雲暮雨歸

崔素娥

崔素娥，是唐人韋洵美的妾室。崔素娥生得豔光逼人，又能吟詩作對，韋洵美很是喜歡她，雖然是妾室，但實質上地位等同於妻。

後來鄴都羅紹威辟韋洵美爲從事，崔素娥便跟隨韋洵美一起去上任。一路上，韋洵美喜氣洋洋，以爲此次新官上任，定能有一番作爲。寒窗十年，飽讀詩書，不就是渴望有一番作爲嗎？

見到夫君如此躊躇滿志，崔素娥也是喜上眉梢，他們期盼著一個更加光明的未來。但現實並沒有按照他們預想的軌道行進，自韋洵美到任之後便諸事不順，還橫生變故。

韋洵美的上司羅紹威聽說崔素娥有絕美之姿，心中垂涎不已，於是屢屢相問，逼著韋洵美獻出美人。韋洵美自然極不情願。但是羅紹威對崔素娥志在必得，對韋洵美威逼利誘。韋洵美是文弱書生，又沒有家世和其他背景庇護自己，情非得已，便把此事告知

崔素娥。

素娥聽聞，不忍夫君受此煎熬，於是忍淚咬牙同意了。臨行時，崔素娥作下《別韋洵美詩》依依惜別夫君：

妾閉閒房君路岐，妾心君恨兩依依。
神魂倘遇巫娥伴，猶逐朝雲暮雨歸。

韋洵美看到這首詩，更加心如刀割，痛徹心扉，卻又無可奈何，只能眼睜睜地看著愛妾被人帶走。

當天夜晚，他睡在房裡，一個人長吁短歎，徹夜不眠。同行的人覺得奇怪，於是詢問他，得知了來龍去脈。那人被他們的愛情所感動，見到崔素娥寫的詩之後，也欣賞她的才華，認爲這種奇女子不能委身於兇惡之徒，於是迅速離去。而韋洵美尚不知情，還在房中長吁短歎。

到了三更之時，只聽到門外輕響。韋洵美還未回過神來，同行之人已經背了個大皮囊進了門，走到他面前，放下皮囊。韋洵美只覺得眼前忽然一亮，原來是皮囊鬆開，一個秀美女子走了出來，含笑帶淚地看著他——正是崔素娥！

原來這個同行人是個身負絕技的俠客，很為他們二人打抱不平，於是拔刀相助，從羅紹威家中劫出崔素娥，帶回了韋洵美處。韋洵美和崔素娥執手相看淚眼，不由得悲喜交加。

還是同行人提醒他們，此地不宜久留，以防羅紹威追捕。於是韋洵美帶著崔素娥連夜逃走，從此隱姓埋名。韋洵美也從此拋卻功名利祿，甘願與崔素娥做塵世中的一對平凡夫妻。

22. 濛濛雨草瑤階濕，鐘曉愁吟獨倚屏

李舜弦

李舜弦是唐五代前蜀後主王衍的昭儀，容色清麗，富有文才，「工爲詩、善七律」，文辭亦如人一般清麗自然。她的哥哥李珣也是著名詞人。

據《茅亭客話》記載，李舜弦先世爲波斯人，因此，她的容貌還帶有淡淡的異域風情，也許還有一雙大海般澄藍的眸子。只是關於她的容顏和生平也並沒有過多記載，而她傳世之詩也只有三首。

身在後宮之中，她似乎也不甚受寵，因此詩裡總是縈繞著淡淡的哀愁。深宮寂寞，孤獨苦悶，空有美貌與才華，也只能看著急急流年如水而逝，青春彈指，紅顏白髮。她便常以詩文排遣。她曾作一首《釣魚不得》，暗含了自己的身世之歎：

盡日池邊釣錦鱗，芰荷香裡暗消魂。

依稀縱有尋香餌，知是金鉤不肯吞。

那錦魚在開滿荷花的池裡游來游去，好不快活，就算有垂釣的漁夫放下香餌，知道這香餌中有金鉤，它又怎麼會上鉤呢？她歎息自己沒有那魚兒的聰慧，禁不起物質的誘惑，進宮做了妃嬪，結果葬送了一生的幸福，埋沒了自己的青春。

李舜弦曾經隨蜀王同遊於青城山，當時宮人們都穿著道服，戴著金蓮花冠，衣上畫著雲霞，遠遠望去，飄飄然有神仙之感。她心有所感，寫下一首《隨駕遊青城》：

因隨八馬上仙山，頓隔塵埃物象閑。
只恐西追王母宴，卻憂難得到人間。

她還有一首寫宮中飲宴的《蜀宮應制》：

濃樹禁花開後庭，飲筵中散酒微醒。
濛濛雨草瑤階濕，鐘曉愁吟獨倚屏。

這首詩裡，瀰漫著傷感和愁怨。春暖花開，飲筵微醺，而她眼中卻看到濛濛細雨打濕臺階的淒冷，獨自倚屏愁吟。

由上述三首詩可窺見她當時的清醒與無奈。深宮之中，她的如花容顏和一身才華，就這樣靜靜地凋零消散，她的諸多作品也已經湮滅不見。

23. 恐君渾忘卻，時展畫圖看

薛媛

薛媛是晚唐一位「善書畫，妙屬文」的女子。她是濠梁（今安徽省鳳陽縣）人，嫁給了一個名叫南楚材的男子。

美貌而有才情的女子總是頗有生活小情趣，紅袖添香，嬌柔靈俏。因此，起初丈夫很愛她，夫妻兩人生活得倒還和睦甜蜜。

後來南楚材離家遠遊，到了潁地（今河南省許昌市），結識了那裡的長官。那長官並不知南楚材已經娶親，見他儀表堂堂，風流瀟灑，也頗有才學，對他很是欣賞，想把女兒嫁給他。於是在交談中，長官表達了這個意思。南楚材怔了怔，家中妻子嬌俏婉轉的模樣在心中轉了幾轉，不是沒有猶豫，但是與長官之女結親，則意味著仕途通暢，平步青雲。一瞬間，他心中天人交戰。很快，對權力的渴望壓過了夫妻深情。他歡欣地應下了婚事。

南楚材即日便命令僕從回濠梁取出琴書等物，表示不再歸家，但他又不想在妻子面前過早表露負心人的面目，說是「不親名宦，唯務雲虛」，要到青城求道，上衡山訪僧。這樣，他在外娶親，妻子還可在家給他守著家門父母，替他盡孝。

而薛媛是個玲瓏心思的人，早就覺察到了不對勁。她聽到僕從述說種種，心中早明白了是怎麼回事，如同被人兜面潑了一盆冰水，心涼透頂，忍不住珠淚盈眶。原來男子變心的時候，竟可以涼薄至此，自私至此！

她緩緩轉頭，看到鏡子裡自己的容顏，原本烏黑濃密的青絲，因爲對丈夫的相思之情而乾枯稀疏了許多，而曾經是春水梨花一般的容顏也已經憔悴不已。她攬鏡自照，自傷自憐，終於緩緩鋪開了一紙畫卷。她對著鏡子，一筆一筆細細描畫下自己的模樣，那鏡中美人容顏瘦損，秀眉微蹙，任是春風吹不展，而目光中盡是悲哀痛苦，叫人看了心底生憐。那負心人，可知她此刻正心如刀絞？她的淚珠在眼眶裡滾來滾去，終於落了下來，將畫紙沾濕。

畫完了之後，她於畫上題了首《寫眞寄夫》詩以寄意：

欲下丹青筆，先拈寶鏡寒。

已驚顏索寞，漸覺鬢凋殘。
淚眼描將易，愁腸寫出難。
恐君渾忘卻，時展畫圖看。

南楚材收到畫，看到畫中妻子憔悴的模樣，再讀這首柔腸寸斷的詩，內心愧疚不已，最終他沒有再娶，而是回家鄉與薛媛團聚，兩人終於白頭偕老。

當時的人很看不起南楚材，也很同情薛媛，有人便因這件事作了一首詩：「當時婦棄夫，今日夫棄婦。若不逞丹青，空房應獨守。」後來明代湯顯祖《牡丹亭》中有句「三分春色描將易，一段傷心寫出難」，也似從此詩化出。

唐朝人物畫名家輩出，有吳道子、張萱、周昉、韓幹、閻立本等。與這些男畫家不同的是，薛媛的肖像畫是以自身爲描繪物件，將自己失意的心境融入畫意之中。因此，她的畫是以情動人，娟娟秀美。只可惜此畫已失傳了。

24. 珍簟生涼夜漏餘，夢中恍惚覺來初

晁采

晁采，小字試鶯。唐代大曆時（766—779）人。晁家世代書香，詩文傳家，因此晁采深嫻翰墨，丰姿豔體，明慧動人。

有一位尼姑經常出入她家，也被晁采的美貌驚豔了。之後逢人便說晁采的美麗：「不施丹鉛，而眉目如畫；不佩芳芷，而體恒有香；不簪珠翠，而鬟鬢自治。」

有一天，晁采家的蘭花開了，姿態優美，清香四溢。她的母親見狀，一時興起，便要晁采賦蘭一首，她應聲吟道：「隱於谷裡，顯於澧潯，貴比於白玉，重匹於黃金，既入燕姬之夢，還鳴宋玉之琴。」敏慧如此。

晁采與鄰居家的少年文茂青梅竹馬，兩人心中都認定對方就是自己要伴隨一生的人，只是都尚年幼，誰也不好意思說破。長大之後，兩人不能像小時候那樣常常見面了。文茂便時常寄詩給晁采，表達自己的相思之情，他曾寫有《春日寄采》四首：

美人心共石頭堅，翹首佳期空黯然。
安得千金遺侍者，一燒鵲腦繡房前。

曉來扶病鏡臺前，無力梳頭任髻偏。
消瘦渾如江上柳，東風日日起還眠。

旭日曈曈破曉霾，遙知妝罷下芳階。
那能化作桐花鳳，一集佳人白玉釵。

孤燈才滅已三更，窗雨無聲雞又鳴。
此夜相思不成夢，空懷一夢到天明。

晁采得詩，心中不由得泛起陣陣波瀾，甜蜜不已。她畢竟是初涉愛河的少女，雖然矜持，但忍不住心神蕩漾，想要遞物傳情。於是她來到院中池塘邊，摘下池中蓮蓬，取出十顆青青蓮子，用潔淨錦緞細細包好，派侍女送給文茂。蓮子即憐子，晁采其實是告訴文茂，她已知他心意，並且她的心意亦和他一樣。才女晁采便以這樣含蓄優美的方式，來告訴文茂自己的心意。她也篤定他一定能讀懂她。

文茂收到蓮子之後，知道晁采跟自己心心相印，欣喜若狂。歡喜之中，有一枚蓮子從他手中墜落，落入一個土盆之中。文茂並沒有在意。結果不久之後，那枚蓮子居然在土盆之中生根發芽了，並且還開出了一株並蒂蓮花。兩朵紅蓮相依相偎，彷彿在暗示著他們的愛情可以開花結果。草木解心意，蓮花知人情，文茂見到之後，心中大喜，於是趕緊寫書信向晁采報喜。

晁采見信，心中也是歡喜。蓮花並蒂開，豈不是絕好的兆頭？看來，她和文茂眞的是郎才女貌，天生一對。於是，晁采又給文茂寫詩相寄，曰：

花箋制葉寄郎邊，的的尋魚爲妾傳。

並蒂已看靈鵲報，倩郎早覓買花船。

時光荏苒，轉眼到了秋天。雖然晁采、文茂兩人經常寫信相互訴說衷情，但柔情蜜意一直只停留在紙上，並沒有機會見面。正好有一天，晁采的母親有事要出門，晁采立刻派侍女通知文茂。

文茂歡喜至極，踏著月光到了晁采家裡，兩人終於相會了，四手相握，心旌搖曳，就此私訂終身。一夜繾綣之後，到了早晨，兩人都是戀戀不捨，不忍分離。晁采便用小剪子鉸下自己的一縷烏黑秀髮，送給了文茂。

文茂回去之後，把晁采的那縷秀髮藏在枕頭旁。秀髮潤澤馨香，令他更加思念晁采，因此又寫了一首詩寄給她：

几上金猊靜不焚，匡床愁臥對斜曛。

犀梳金鏡人何處，半枕蘭香空綠雲。

一夕歡會之後，見面的機會卻遙遙無期。晁采在閨閣中日夜思念情郎，也是借詩抒懷：

珍簟生涼夜漏餘，夢中恍惚覺來初。

魂離不得空成病，面見無由浪寄詩。
窗外江村鐘響絕，枕邊梧葉雨聲疏。
此時最是思君處，腸斷寒猿定不如。

文茂見信，便作詩答道：

忽見西風起洞房，盧家何處鬱金香。
文君未奔先成渴，顓頊初逢已自傷。
懷夢欲尋愁落葉，忘憂將種恐飛霜。
惟應會付春天月，共聽床頭漏漸長。

寒夜漫漫，晁采孤枕難眠，更殘漏靜，更是憂思不絕，於是漫吟著自己所創作的多首《子夜歌》，詞句宛轉，通透真摯，不減六朝之作。這是她的心血與情感所凝聚的詩歌，也是她最重要的作品：

儂既剪雲鬟，郎亦分絲髮。
覓向無人處，綰作同心結。

夜夜不成寐，擁被啼終夕。
郎不信依時，但看枕上跡。

明窗弄玉指，指甲如水晶。
剪之特寄郎，聊當攜手行。

繡房擬會郎，西窗日離離。
手自施屏障，恐有女伴窺。

金盆盥素手，焚香誦普門。
來生何所願，與郎為一身。

寒風響枯木，通夕不得臥。
早起遣問郎，昨宵何以過。
得郎日嗣音，令人不可睹。
熊膽磨作墨，書來字字苦。
儂贈綠絲衣，郎遺玉鉤子。
即欲繫儂心，儂思著郎體。

相思最是傷人心，晁采終於憂鬱成疾。晁母察覺到女兒心事重重，猜測女兒得的是心病，於是找來侍女詢問，終於得知原因。幸好晁母開明，並不願棒打鴛鴦，而是歎息道：「才子佳人，自應有此。然古多不偶，吾今當爲成之。」於是把女兒嫁給了文茂。一對有情人終成眷屬。

第二年，文茂要赴京城長安參加會試，臨別時兩人又是一番纏綿難捨。晁采寫下一首《春日送夫之長安》詩，表達惜別之情：

思君遠別妾心愁，踏翠江邊送畫舟。
欲待相看遲此別，只憂紅日向西流。

晁采養有一隻白鶴，名叫素素。一天細雨迷濛，晁采隔簾凝視窗外的綿綿雨絲，想起趕路的文郎，不禁愁思滿懷，於是轉頭對白鶴素素說道：「過去王母有青鳥名詔蘭、紫燕，都能運飛送書，你難道不能嗎？」結果那隻通人性的白鶴伸長了脖子迎向晁采，俯首若待命狀。晁采明白了它的意思，忙找到紙筆，寫成絕句兩首：

窗前細雨日啾啾，妾在閨中獨自愁。
何事玉郎久離別，忘憂總對豈忘憂。

春風送雨過窗東，忽憶良人在客中。
安得妾身今似雨，也隨風去與郎同。

她把詩箋裹好繫在白鶴足上，白鶴沖天而起，直往西北方向飛去。文茂正在路上，忽然聽到熟悉的白鶴鳴叫之聲，知道是家中的素素。抬起頭來，素素已經落到他身邊。文茂接到詩箋，得知妻子心事，不由得大爲感動，相思之情也稍微得到了慰藉和緩解。

不久，文茂進士及第，再經吏部復試，授職爲淮南道福山縣尉。金榜題名後，文茂衣錦還鄉，攜帶送信的白鶴素素回來家中。

後來，晁采隨文茂往淮南赴任，兩人生活得美滿和睦。《全唐詩》中記載了這個故事。

25.春水悠悠春草綠，對此思君淚相續

姚月華

姚月華，唐代才女，但關於她所生活的年代並沒有詳細記錄。姚月華自幼喪母，由父親撫養長大。

姚月華少女時代即聰慧絕倫，能詩善畫。她家境富裕，父親是一名行商，對女兒十分愛惜，加上父親憐她自小失母，對她更是加倍寵愛。姚月華的少女時代可以說過得十分舒心，她每日都是沉浸在書香之中，專注於詩文而已。

傳說她少年時曾經夢見一輪明月落在了自己的梳粧檯上，睡醒後忽然如同開竅了一般，聰明過人，讀書過目成誦，不久即能作文賦詩，文辭絕妙，如有淡淡月華蘊於其中。

但沒想到，這深閨中的月華少女，竟然於偶然間邂逅了一段戀情，而這戀情改變了她的一生。

有一天，姚月華跟隨商人父親過揚子江的時候，邂逅了鄰舟一位名叫楊達的俊雅書生。楊達風度翩翩，一表人才，姚月華心中便有了幾分好感。舟上無事，姚月華與楊達便以詩歌唱和，誰知道楊達不僅長相出眾，而且才思敏捷，應答如流。

姚月華見他吐語文雅，心中不由得浮起愛悅之意，又見到他寫的《昭君怨》的詩：「漢國明妃去不還，馬馱弦管向陰山。匣中縱有菱花鏡，羞對單于照舊顏。」頗爲讚賞，並要侍女找他要了他的舊稿。

從此之後，姚月華與楊達書信往來，彼此唱和。楊達雖然對她很是欣賞，並頗有好感，但談不上愛戀，更沒有像她一樣情根深種。因此，這份愛情，很大程度上是姚月華的單相思。她對楊達的愛情，並沒有得到回應，她苦苦地等待著，從一個無憂少女徹底轉變爲了一位深閨怨婦，忘記了過去，也看不到將來，再沒有了青春的明媚與天眞，只有無盡的糾結、幽怨、哀傷。

她給楊達寫了很多詩。現在她所留存於世的六首詩，都是爲楊達而作。她在愛情中患得患失、憂愁纏綿的心態，都可以從這些詩中看出來。

她親手製作了一雙精美的鞋子，送給楊達，並用這雙鞋子比喻自己和楊達，希望兩人能成雙入對，如鴛鴦比翼。《製履贈楊達》寫道：

金刀剪紫絨，與郎作輕履。
願化雙仙鳧，飛來入閨裡。

楊達對她的這份愛情，既不拒絕也不回應，這讓她感到無盡的糾結與痛苦，她已經深陷在感情的旋渦之中，寫的詩也是幽怨纏綿。這首春日裡所作的《怨詩寄楊達》，寫她看到芳草萋萋，便因思念楊達而流淚不止：

春水悠悠春草綠，對此思君淚相續。
羞將離恨向東風，理盡秦箏不成曲。
與君形影分吳越，玉枕經年對離別。
登臺北望煙雨深，回身泣向寥天月。

她一直得不到楊達的回應，春去秋來，梧桐葉落，秋風瑟瑟，她去拿銀瓶，都覺得手冷不已。而手冷的同時，她的心也是涼到了極點。她又寫下了一首清冷惆悵的《楚妃怨》：

梧桐葉下黃金井，橫架轆轤牽素綆。
美人初起天未明，手拂銀瓶秋水冷。

她還爲楊達寫下了四首《阿那曲》，從中能看到她愛而不得的深切哀愁，其中兩首爲：

與君形影分胡越，玉枕經年對離別。
登臺北望煙雨深，回身泣向寥天月。

銀燭清尊久延佇，出門入門天欲曙。
月落星稀竟不來，煙柳朧朣鵲飛去。

《阿那曲》在《全唐詩》中題作《有期不至》。她與楊達長久別離，她等待了楊達很久很久，從傍晚到深夜再到天明。他最終失約了，這讓她感到痛苦和不安。

她另作一首《怨詩效徐淑體》，仿東漢秦嘉妻徐淑《答秦嘉詩》而作，但秦嘉、徐淑是一對心意相通的佳偶，而她是單方面的愁怨與思念，永遠得不到對方的回應，求之不得，輾轉反側：

妾生兮不辰，盛年兮逢屯。寒暑兮心結，夙夜兮眉顰。
循環兮不息，如彼兮車輪。車輪兮可歇，妾心兮焉伸。
雜遝兮無緒，如彼兮絲棼。絲棼兮可理，妾心兮焉分。
空閨兮岑寂，妝閣兮生塵。萱草兮徒樹，茲憂兮豈泯。
幸逢兮君子，許結兮殷勤。分香兮剪髮，贈玉兮共珍。
指天兮結誓，願爲兮一身。所遭兮多舛，玉體兮難親。
損餐兮減寢，帶緩兮羅裙。菱鑒兮慵啓，博爐兮焉熏。
整襪兮欲舉，塞路兮荊榛。逢人兮欲語，鞈匝兮頑嚚。
煩冤兮憑胸，何時兮可論。願君兮見察，妾死兮何瞋。

姚月華除了工詩，還善畫，花卉翎毛，世所鮮及。但是她畫畫不過是爲了自娛自樂，從來不示於人。她曾經爲楊達精心繪製了芙蓉與鳥的圖，自然是以芙蓉自比，以鳥來比情郎楊達，約略濃淡，生態逼眞。她還彈得一手好箏。

她後來的人生怎樣，典籍上並沒有記載，只有那一腔柔婉深情的單相思，被她的詩記錄了下來，流傳後世。

26. 勸君莫惜金縷衣，勸君惜取少年時

杜秋娘

杜秋娘，《資治通鑒》裡稱她爲杜仲陽，是唐代金陵人。

唐文宗大和七年（833）春天，杜牧奉命去揚州公幹，經過金陵，見到孤苦伶仃的杜秋娘。那曾經豔名遠播的一代美人這時已經老了，雖然憔悴的面容上還保留著幾分昔日的娟麗，但已經完全無法讓人把她和那個曾經在宴會上巧笑嫣然、令眾人傾倒的歌女聯繫起來。

英雄遲暮，美人白頭，乃是最讓人傷悲之事。杜牧唏嘘不止，於是坐下來，靜靜傾聽杜秋娘訴說平生，因「感其窮且老」，大詩人當即揮筆，寫下了一首一百一十行的《杜秋娘詩》，爲她的一生作傳：

京江水清滑，生女白如脂。其間杜秋者，不勞朱粉施。

老濞即山鑄，後庭千雙眉。秋持玉斝醉，與唱金縷衣。
濞既白首叛，秋亦紅淚滋。吳江落日渡，灞岸綠楊垂。
聯裾見天子，盼眄獨依依。椒壁懸錦幕，鏡奩蟠蛟螭。
低鬟認新寵，窈嫋復融怡。月上白璧門，桂影涼參差。
金階露新重，閑撚紫簫吹。莓苔夾城路，南苑雁初飛。
……
地盡有何物？天外復何之？指何爲而捉？足何爲而馳？
耳何爲而聽？目何爲而窺？己身不自曉，此外何思惟。
因傾一樽酒，題作杜秋詩。愁來獨長詠，聊可以自怡。

很多年以前，杜秋娘還年輕，肌膚如雪，明眸似水，「生女白如脂」，「不勞朱粉施」。當年，在割據自雄的鎮海軍節度使李錡的宴會上，作爲歌舞伎的她手持玉杯勸酒，風姿綽約，低頭淺笑時亦令人有微醺醉感。當然，更讓人魂牽夢繞的，是她如出谷黃鶯一般悅耳的歌喉。在宴會上，她常常以清亮的嗓子唱起一曲《金縷衣》：

勸君莫惜金縷衣，勸君惜取少年時。
花開堪折直須折，莫待無花空折枝。

這首歌曲據說是她自己作詞作曲的，可見她的不凡才氣。

這首詩歌的意思，無非是勸人珍惜好時光。勸你啊，別單單只顧著愛惜那金縷衣，要好好珍惜那青春年華呀。趁花開正好的時候，將那嬌美的花枝折下吧。花朵明豔能幾時呢？再不折下，等花落滿地，只有空枝之時，就悔之晚矣了。

因爲年輕，因爲美麗，因爲舉世無雙的歌喉與舞姿，她備受李錡寵愛，被納爲侍妾。同時，她也獲得了眾多男子追逐的目光。唱起《金縷衣》的時候，她正當好時光，青春無限，風流宛轉，渾不知後來自己所經歷的一切悲喜苦樂。

過了不久，李錡因叛變被殺。杜秋娘籍沒入宮，仍舊充當歌舞姬。在一次酒宴的時候，杜秋娘帶著一絲身世飄零的傷感，在唐憲宗李純面前唱起了那首她最擅長的《金縷衣》。歌喉啼囀，餘韻悠長，如同迷迭香一般，直叫人心旌搖曳。

唐憲宗李純正值年少，聽這曲子，看這美人，不由得怦然心動。多情的帝王，遇上了傾城的美人，便是一段傳奇的開始。很快，杜秋娘便被李純封爲秋妃。

做了秋妃的杜秋娘深受憲宗寵愛，雖然貴爲皇妃，陡遭大變的她卻鬱鬱不樂，畢竟，李錡對她很好，她曾擁有過那麼恣意歡暢的一段時光。「月上白璧門，桂影涼參差，金秋露新重」的夜晚，她獨自「閑撚紫簫吹」，飲食也無心，任是山珍海味，也無胃口，「歸來煮豹胎，饜飫不能飴」。

但憲宗對她的愛漸漸融化了她的心，她又像以前一樣笑生雙頰。她還利用自己的聰明才智參與了一些軍國大事，提出自己的見解，爲憲宗分憂解勞，幫著他安邦治國。

國家太平後，手下有大臣勸諫唐憲宗用嚴刑厲法治理天下，但杜秋娘說：「王者之政，尚德不尚刑，豈可捨成康文景，而效秦始皇父子？」唐憲宗聽了覺得有理，便依了她的意見，以德政治天下。當國家逐漸平定昌盛之後，宰相李吉甫曾勸唐憲宗可再選天下美女充實後宮，他說：「天下已平，陛下宜爲樂。」唐憲宗此時還不到三十歲，卻滿足而自得地說：「我有一秋妃足矣!李元膺有『十憶詩』，今在秋妃身上一一可見，我還求什麼呢?」李元膺的「十憶詩」共有十首，歷述佳人的行、坐、飲、歌、書、博、顰、笑、眠、妝之美態。

杜秋娘獲得了那權傾天下的帝王全心全意的愛戀，此時此刻，她無比滿足，在那輝煌壯觀的大明宮中，她步步都踩在陽光下，抬起頭來，只覺風裡都攜滿芬芳。

杜秋娘過了十幾年相對而言快樂無憂的生活，正以為好日子會一直這樣持續下去時，唐憲宗卻不明不白地駕崩於中和殿上，年僅四十三歲。有人懷疑是宦官所為，卻始終沒人敢去追究當時勢力龐大的宦官集團。

二十四歲的太子李恒在宦官馬潭等人擁戴下嗣位為唐穆宗，改元長慶。因唐憲宗對杜秋娘的寵愛與信任，唐穆宗也十分尊重她，要她做了皇子李湊的「傅姆」。杜秋娘便把所有心血都傾注到李湊身上。辛勤操勞了十幾年，皇子終於長大，「眉宇儼圖畫，神秀射朝輝」，杜秋娘心裡多少也有點安慰。

但宮廷並非久安之地，不久，不滿三十歲的唐穆宗竟也莫名其妙地死去了；十五歲的太子李湛繼位為唐敬宗，不到兩年，小皇帝唐敬宗也死了。唐敬宗的弟弟江王李昂被立為唐文宗。因文宗年幼不更人事，朝廷大權實際落在一幫大臣和宦官手中。

此時，杜秋娘照看的皇子李湊已被封為漳王，在她的悉心教導下，李湊有勇有謀，沉穩大氣，杜秋娘心中歡喜，便謀劃著一場政變，扶植李湊上位。可惜政變失敗，李湊被貶為庶民，而杜秋娘也被削籍為民。

當杜秋娘被遣回故鄉時，她已年老色衰，貧困無依，連潼關舊吏和吳江舟人，也認不出當年如花朵一般輕輕巧巧、搖曳生姿的她。

出宮之時，杜秋娘「回首尚遲遲」，昔日是那樣嬌美伶俐的少女，如星光一般照亮男子的眼睛，也享受過皇妃的富貴，膝下有皇子的歡鬧，卻幾經沉浮，老去後憔悴孤苦，顛沛流離，這人生，恍若一場大夢。

27. 滿地落花鋪繡，春色著人如酒

梁意娘

梁意娘，大約生活在唐五代後周時期，瀟湘梁公之女。她琴詩書畫樣樣皆通，尤其擅長作詞、撫琴，是當時著名的女詞人和古琴師。

梁意娘與表哥李生同年所生，青梅竹馬，漸漸心意相通。等到長大了，梁意娘出落得婀娜多姿，李生也是玉樹臨風，二人品貌相當，情意萌生，彼此認定了對方便是自己今生所愛。

這一年的中秋佳節，李生、意娘兩家在一起團聚賞月。兩人父母早早便歇下，就留下他們四目相對，脈脈情深。趁此機會，兩人山盟海誓，私訂終身。互表心意之後，兩人的感情又進一步加深，天天如膠似漆，幾乎達到了一日不見如隔三秋的地步。

不久，兩人的密切交往引起了意娘父親梁公的注意，他見女兒時常發呆，神情恍惚，一再追問下，意娘只好一一告知了父親。得知二人的事情之後，梁公大發雷霆，把女兒鎖在閨房中，不許他們再見面。他還告知了李生的母親，要她管教好兒子。李生的母親怒斥李生，並將他送到永州其叔父家攻讀儒學，準備科考，並發下重誓，不獲功名，不許回家。

於是，梁意娘和李生就此分開，兩人都飽受相思之苦。梁意娘每每念及李生，柔腸寸斷，相思之情無處訴說，只好訴諸詩詞和琴。她寫下一首《秦樓月》：

春宵短，香閨寂寞愁無限。愁無限，一聲窗外，曉鶯新囀。
起來無語成嬌懶，柔腸易斷人難見。人難見，這些心緒，如何消遣。

時間荏苒，轉眼暮春，滿地落花，春色濃如酒，然而李生卻不見消息。她又寫下了另一首著名的相思之詞《茶瓶兒》：

滿地落花鋪繡，春色著人如酒。曉鶯窗外啼楊柳，愁不奈、兩眉頻皺。
關山杳，音塵悄。那堪是，昔年時候。盟言辜負知多少。對好景，頓成消瘦。

他們整整分離了三年，同心而離居，憂傷以終老，梁意娘迅速憔悴了。在這三年之中，她把滿腔的思念譜成了一首名爲《湘妃怨》的琴曲，爲此曲賦詩加配歌詞，來表達自己對李生的思念之情。詩中寫道：

花花葉葉落紛紛，終日思君不見君。
腸欲斷兮腸欲斷，淚珠痕上更添痕。
我有一寸心，無人共我說。
願風吹散雲，訴與天邊月。
攜琴上高樓，樓高月華滿。
相思淚未終，淚滴琴弦斷。
人道湘江深，未抵相思半。
江深終有底，相思無邊岸。
君在湘江頭，妾在湘江尾。
相思不相見，同飲湘江水。
夢魂飛不到，所欠唯一死。

入我相思門，知我相思苦。
長相思兮長相思，短相思兮無盡極。
早知如此掛人心，悔不當初莫相識。

這首詩裡，糅合套用了多首名詩的經典之句，最後結句更直接引用了李白的《長相思》，但糅合得巧妙自然，不顯突兀。只要一思念起李生，梁意娘便撫琴泣唱，琴聲悱惻，歌聲動人。這首《湘妃怨》因此聲名遠揚。

梁公見女兒如此憂傷，日益憔悴，哪裡還是當初那個鮮妍明亮的少女，心中難免也有點後悔。不久，李生叔父的家人來湘陰走親戚，意娘便托他把自己所寫的詩捎給了李生。李生見詩之後，流淚不止，於是拜託了一位德高望重的親戚前往梁意娘家勸說梁公。梁公早有悔意，便順水推舟同意了他們的婚事。

李生和梁意娘分別三年之後終於團圓了，並結下了百年之好。兩人結婚之後，非常珍惜這來之不易的婚姻，感情十分融洽。

李生更是刻苦攻讀，最後進京會試，金榜題名，高中進士。兩人一直相敬如賓，攜手到老。他們的這段美滿姻緣也因此被人稱道和傳頌，後人以此故事爲題材，寫成了梨園戲《梁意娘》。

28. 雖然日逐笙歌樂，長羨荊釵與布裙

徐月英

徐月英，晚唐時的江淮名妓，她善於作詩，有詩集傳於當時，但現在只有兩首七言絕句，外加斷句一聯，其他作品都已經散佚了。

徐月英最著名的還是那一聯斷句：「枕前淚與階前雨，隔個窗兒滴到明。」但全詩失傳。此句寓情於景，情景交融，又不露痕跡，渾然天成，歷來被認為是佳句。

後來這句詩被宋代女詞人聶勝瓊拿去放入了自己的詞中，湊成了一首《鷓鴣天》，後人以為是聶勝瓊的原創，其實並不是。它的原創者是生平皆已不可考的徐月英。

從徐月英現存的這兩首詩來看，她曾經有過一段刻骨銘心的戀情，但她和心上人終究沒有在一起。她感歎人世間的事情往往事與願違，本是兩人雙雙對對，回來卻只剩了自己一個人。她心中無比悲傷，因而連亭前水面的鴛鴦也憎恨上了。這種愁緒與悲哀，被她記錄在了《送人》一詩中：

惆悵人間萬事違，兩人同去一人歸。
生憎平望亭前水，忍照鴛鴦相背飛。

她淪落風塵，憎恨妓女生涯，時常以淚洗面。雖然夜夜笙歌，紙醉金迷，但還不如荊釵布裙的貧家女兒活得自在而有尊嚴。她希望自己能徹底脫離這樣的環境。如果良人還在，是不是可以早日離開，遠走高飛，雙宿雙棲？她曾滿懷酸楚，寫下《敘懷》一詩：

爲失三從泣淚頻，此身何用處人倫。
雖然日逐笙歌樂，長羨荊釵與布裙。

關於徐月英的生平記載非常少，只有寥寥幾筆：「有徐公子者，寵一營妓，死而焚之。月英送葬，謂徐曰：『此娘平生風流，殁猶帶焰。』」話語中看不到悲憫，似乎頗有幸災樂禍之感。

借用了她詩句的聶勝瓊，因思念情郎李之問，於是作了一首《鷓鴣天》詞寄之：

玉慘花愁出鳳城，蓮花樓下柳青青。尊前一唱陽關曲，別個人人第五程。

尋好夢，夢難成。有誰知我此時情，枕前淚共階前雨，隔個窗兒滴到明。

這首詞被李之問藏在篋中，卻還是被李之問妻子看見了。李妻也是個才女，細讀這首詞，只覺語句清健，心中欣賞，便同意丈夫納聶勝瓊爲妾，給了她一方安身之所。

29.君王城上豎降旗，妾在深宮哪得知

花蕊夫人

花蕊夫人徐氏，是唐五代後蜀末帝孟昶的寵妃，工詩擅詞。她生得明眸皓齒，嬌媚妍麗，孟昶覺得用花形容她還不能突出她的美貌，「花不足以擬其色，蕊差堪以狀其容」，於是用「花蕊」來形容她，號「花蕊夫人」。後來她又被升號慧妃，以彰顯她的聰明靈慧。

孟昶是後蜀高祖孟知祥的第三個兒子，在他剛剛當皇帝的時候，還是做了一些利民的實事，興水利，重農桑，但後來不思進取，沉溺於享樂安逸，結果成了著名的亡國之君之一。

他寵愛花蕊夫人。相傳花蕊夫人愛花，尤愛芙蓉花。孟昶便下令全城廣植芙蓉花。及至花開時節，滿城皆是芙蓉樹，芙蓉花開得光華璀璨，如同錦繡。除了芙蓉花，花蕊夫人還喜愛牡丹花，於是孟昶命官民人家大量種植牡丹，還不惜花費鉅資派人前往各地

選購優良品種，在宮中開闢富麗堂皇的「牡丹苑」。

孟昶之所以如此寵愛花蕊夫人，不只因她容顏傾城，還因爲她才情出眾。花蕊夫人曾仿中唐詩人王建作《宮詞》一百多首。她長居宮中，對宮廷生活極爲熟悉，對宮女的思想情趣瞭解得也更爲深入。她在宮詞中記錄自己悠閒安逸的生活，描寫宮女賞花、採蓮、射獵、打秋千、鬥草、撲蜻蜓的生活樂趣，也毫不忌諱地透露她們的痛苦與憂思，內容極其豐富。其大部分宮詞都寫得生動歡快、流麗清新，因此，她的《宮詞》的藝術魅力是在王建之上的：

三月櫻桃乍熟時，內人相引看紅枝。
回頭索取黃金彈，繞樹藏身打雀兒。

龍池九曲遠相通，楊柳絲牽兩岸風。
長似江南好風景，畫船來去碧波中。

立春日進內園花，紅蕊輕輕嫩淺霞。

跪到玉階猶帶露，一時宣賜與宮娃。

三面宮城盡夾牆，苑中池水白茫茫。
直從獅子門前入，旋見亭台繞岸傍。

離宮別院繞宮城，金版輕敲合鳳笙。
夜夜月明花樹底，傍池長有按歌聲。

殿前排宴賞花開，宮女侵晨探幾回。
斜望花開遙舉袖，傳聲宣喚近臣來。

供奉頭籌不敢爭，上棚等喚近臣名。
內人酌酒才宣賜，馬上齊呼萬歲聲。

殿前宮女總纖腰，初學乘騎怯又嬌。

上得馬來才欲走，幾回拋鞚抱鞍橋。
自教宮娥學打球，玉鞍初跨柳腰柔。
上棚知是官家認，遍遍長贏第一籌。
内家追逐採蓮時，驚起沙鷗兩岸飛。
蘭棹把來齊拍水，並船相鬥濕羅衣。

清代陸昶在《歷代名媛詩詞》中稱讚她：「所作宮詞清新俊雅，具有才思，想其風致，自是一出色女子。」

花蕊夫人對烹飪之事也是精通，且心思玲瓏。相傳，她曾用紅薑煮白羊頭，以石頭鎮壓，以酒醃之，然後切得如紙片一般薄，風味無窮，稱爲「緋羊首」。她又將薯藥切片，蓮粉拌勻，加用五味，清香撲鼻，味酥而脆，又潔白如銀，望之如月，稱爲「月一盤」。

一日，孟昶與花蕊夫人在水晶殿裡對飲，四下無人，夜色撩人，涼風陣陣，二人並肩仰望天空，只見星光閃爍，整個世界彷彿只有他與她。如此良辰美景，孟昶執著美人素手，忽有感觸，於是取過紙筆，一揮而就。原詩是這樣的：

冰清玉骨涼無汗，水殿風來暗香滿。
一點明月夜窺人，倚枕釵橫雲鬢亂。
攜手庭户靜無聲，時見疏星渡河漢。
屈指西風幾時來，不道流年暗中換。

美人冰肌玉骨，自水殿中款款而來，風吹香湧，明月照人。孟昶半夜醒來，見酣睡身側的美人雲鬢雖亂，寶釵雖橫，仍楚楚動人。睡醒之後，兩人一起攜手到殿外去看疏星幾點。看看西風又起，原來又是一年了。愛人在側，心滿意足，只願歲月靜好。

這首詩因筆觸細膩溫柔，又有人認爲應是花蕊夫人所作。蘇軾也曾把它改作爲《洞仙歌》：

冰肌玉骨，自清涼無汗，水殿風來暗香滿。繡簾開，一點明月窺人，人未寢，欹枕釵橫鬢亂。
起來攜素手，庭户無聲，時見疏星渡河漢。試問夜如何，夜已三更，金波淡、玉繩低轉。但屈指、西風幾時來，又不道，流年暗中偷換。

但多情的帝王與傾城的美人神仙眷侶般的日子並未過太久，畢竟，凡世不是可以任意逍遙、爲所欲爲的仙境。孟昶荒淫，不理國事，後來後蜀被宋滅亡，孟昶與花蕊夫人被俘。

宋兵押送他們北行，途徑葭萌驛，花蕊夫人滿懷亡國之恨，又兼有背井離鄉的恐懼與淒苦，在驛站牆壁上題了半首《採桑子》：

初離蜀道心將碎，離恨綿綿，春日如年，馬上時時聞杜鵑。

還沒題完，她就被宋兵催促著趕路，於是這首《採桑子》就成了殘篇。後來有人經過驛站，提筆續道：「三千宮女如花面，妾最嬋娟，此去朝天，只恐君王寵愛偏。」這續詞庸俗不堪，完全偏離了花蕊夫人原詞中的國恨鄉思。

當時的人們紛紛把罪責歸咎於花蕊夫人。宋太祖在花蕊夫人到了汴京之後單獨召見她，只覺得她眉目如畫，千嬌百媚。宋太祖早就聽說，花蕊夫人不僅豔冠群芳，還才華出眾，就命她賦詩一首。花蕊夫人即席吟出那首著名的《述亡國詩》：

君王城上豎降旗，妾在深宮哪得知。
十四萬人齊解甲，更無一個是男兒。

這首詩實際上並不是花蕊夫人原創的。五代何光遠《鑒誡錄·卷五》云：「故興聖太子（李繼岌）隨軍王承旨有《詠後主出降》詩曰：蜀朝昏主出降時，銜璧牽羊倒繫旗。二十萬軍齊拱手，更無一個是男兒。」花蕊夫人因襲前人詩作，略改數字，以表自己心情，不卑不亢。這首詩歷來爲後世文人所激賞。薛雪在《一瓢詩話》裡贊道：「何等氣魄！何等忠憤！當令普天下鬚眉，一時俯首。」

趙匡胤爲花蕊夫人的才貌所驚，不僅沒有殺她，還封她做了自己的妃子。花蕊夫人暗地裡懷念孟昶，親手畫了他的像，無人時悄悄祭拜。不久，花蕊夫人捲入宋廷權力之爭，在一次跟隨趙匡胤打獵時，被趙光義，也就是後來的宋太宗亂中一箭射死。

30. 舉棹雲先到，移舟月逐行

海印

海印，是唐朝末年西蜀（今四川）慈光寺的一名尼姑。海印從小才思清逸，愛好吟詩。要是偶然看到前人所作的一詩半句，她總要吟弄好半天，反復琢磨。如此潛心好學，她很快成爲了一名小才女。後來，海印向慕佛法，鑽研禪趣哲理，心思也越來越清寂寧靜。

唐朝末年，天下大亂，民不聊生，百姓生活得非常痛苦。海印心地慈悲，身處亂世，眼看生靈塗炭，深感迷茫痛苦，於是索性發下大願，削髮爲尼，遁入空門，從此與青燈古佛爲伴。她希望在佛法之中找到精神的寄託，求得靈魂的圓滿超脫，以逃離現實的痛苦悲傷。

自從出家以後，海印住在西蜀慈光寺裡。寺廟與世隔絕，古廟森森，海印潛心向佛，修身養性，過著她所嚮往的空靈寧靜的生活。雖然生活清苦，但心靈平靜，這正是她想要的。

佛門生活清靜，除了誦讀佛經之外，她仍然愛好詩文，手不釋卷，吟詠不絕，佳作迭出，是當時著名的詩尼。

有一次，海印有事，乘船外出。船行水上，風飄飄以吹衣。天色漸晚，海印獨自站在船頭，見水天墨藍，渾然一色，風聲裡夾雜著浪聲，聽著只覺得心中清明寧靜。她身邊的旅客彼此聊天，都在訴說著自己的鄉思愁緒。細語呢喃，給她一種莫名的安心。

海印低頭看著水面，月亮和雲朵倒映在水中，似乎在追逐著船槳，天上一輪明月，水中一輪水月，交相輝映，清亮純澈，空靈晶瑩。她不由得湧起靈感，正要吟詠詩句，忽然看見了一抹遠山。是快到了嗎？於是，她隨口吟成一首五言律詩：

水色連天色，風聲益浪聲。
旅人歸思苦，漁叟夢魂驚。
舉棹雲先到，移舟月逐行。
旋吟詩句罷，猶見遠山橫。

這首名叫《舟夜》的詩，後來廣爲流傳。然而，她吟詠的一些其他詩作，由於種種原因，早就湮滅不存，沒有能夠流傳下來。

31.何事政清如水鏡，絆他野鶴向深籠

黃崇嘏

黃崇嘏，臨邛（今四川省邛崍市）人，她的父親曾在蜀中任使君，使君是州郡長官的尊稱。黃父對女兒頗為疼愛，黃崇嘏自幼受到了良好的教育，因此工詩善文，琴棋書畫無一不精。

十二歲那年，黃崇嘏的父母雙雙亡故，家境一落千丈，幸好家中還有個老保姆，黃崇嘏便與老保姆相依為命。待到長大成年後，黃崇嘏便女扮男裝，四處遊歷，以養家糊口。

唐僖宗光啓四年（888），臨邛縣發生了一場火災，黃崇嘏被誣陷為縱火人，被抓下獄。黃崇嘏並不像一般人那樣驚慌失措，而是冷靜地在獄中寫了一首詩向知州周庠辯冤：

偶離幽隱住臨邛，行止堅貞比澗松。
何事政清如水鏡，絆他野鶴向深籠。

詩中之意，在於闡明長年隱居的自己品質高潔、行爲堅貞，好比山澗中的青松，縣中長官清明如鏡，不應該爲難自己，胡亂抓人。周庠讀完詩，不由得拍案叫好，又見是一手流麗輕圓的字，於是召見了她，並稱她是鄉貢進士。

周庠見到黃崇嘏，只見她年齡不大，長相清俊，舉止有禮。周庠向她提了幾個問題，黃崇嘏回答時有條不紊，詳細敏捷。周庠不禁暗暗稱奇，起了惜才之心，於是下令釋放她。

幾天後，黃崇嘏又獻上一首輕妙優美的詩歌。周庠大加讚賞，認爲她非同一般，於是把她召入學院，與各位讀書的子侄爲伴。

在學院裡，黃崇嘏也極爲突出，她擅長下棋和彈琴，精於書畫。後來，她被推薦代理司戶參軍。因黃崇嘏辦事認眞負責，小官吏對她很是尊敬，而她經手的案牘文書也是書寫漂亮清楚，工作十分出色。

周庠對她的聰慧和風采都是極爲欣賞。她在任一年後，周庠就想把女兒嫁給她。對於一般官吏來說，能娶到長官的女兒，真是求之不得的美事，黃崇嘏卻面有難色。周庠感到奇怪極了，自己的家世不消說了，女兒也是貌美過人。自己賞識這個年輕人，難道年輕人自我膨脹，不識抬舉？正疑惑間，他收到了黃崇嘏呈上來的一封辭謝信，信中是一首詩：

一辭拾翠碧江湄，貧守蓬茅但賦詩。
自服藍衫居郡掾，永拋鸞鏡畫蛾眉。
立身卓爾青松操，挺志鏗然白璧姿。
幕府若容爲坦腹，願天速變作男兒。

在詩中，黃崇嘏介紹了自己的來歷，並用王羲之「坦腹」的典故，作爲對周庠招婿的回應。她感謝周庠的好意，表示當然願意做他的女婿，但是得要老天願意快些將她變成男兒身才行。

周庠看完詩，大吃一驚，趕緊召見了黃崇嘏，盤問她。原來她是黃使君的女兒，從小失去父母，只和老保姆一起居住，一直沒有嫁人。

周庠更加欣賞她的堅毅與貞潔，並未因此免去她的官職，而是更加禮遇有加。郡內官民知道這件事之後，全都讚歎她的與眾不同。但身份洩露，畢竟有諸多不便，黃崇嘏不久便請求免官，周庠雖然愛才，但也無可奈何，只好准了她的辭呈。

黃崇嘏獨自一人回了臨邛舊居，和老保姆相依爲命，過著與世無爭的平淡生活，後來再沒有人聽到她的消息。

周庠後來在五代前蜀政權中官至宰相，尤對此事念念不忘，感歎不已，多與人說。文人金利用聽聞之後，將之記入《玉溪編事》。後來金利用的書也失傳了，但《太平廣記》中引錄了金書的佚文，黃崇嘏的故事就這麼流傳下來了。

黃崇嘏有個哥哥，才華平庸，屢試不第。她便代兄考試，竟高中狀元，因此她又素有「女狀元」之美稱。明代楊愼筆記《麗情集》曾有記載：「王蜀女狀元黃崇嘏，臨邛人……傳奇有女狀元《春桃記》，蓋黃事也。」明代徐渭也作有《女狀元辭凰得鳳》，戲中黃崇嘏當了狀元，宰相周庠想要嫁女不成，就讓自己的兒子考中狀元後娶了黃崇嘏爲妻，最後是大團圓結局。她也是後世黃梅戲《女駙馬》的原型。

清人熊維芳《語話堂詩集》亦有詩贊黃崇嘏：

西山雲氣湧高崗，生長深閨姓字香。
千古才名高卓女，一官文篆遇周庠。
井溪素覓清心水，幕府空留坦腹床。
白璧無瑕姿皎皎，前生明月在池塘。

32. 紅樓斜倚連溪曲，樓前溪水凝寒玉

魏玩

魏玩，字玉如，一作玉汝，鄧城（今湖北省襄陽市）人。魏玩出身大家，是宋代著名文史學家、詩論家魏泰的姐姐。後爲宋朝代宰相曾布的夫人，因夫貴初封瀛國夫人，後封魯國夫人，因此史稱魏夫人。曾布也是書香大家出身，他的哥哥便是唐宋八大家之一的曾鞏。熙寧年間（1068—1077），曾鞏任職洪州，曾布調任潭州，路過洪州，而曾肇又恰來洪州探親，三兄弟都是進士，又在洪州聚會，欣喜之情無法言表，魏夫人當即題寫一聯：「金馬并遊三學士，朱幡相對兩諸侯。」

魏玩比李清照約年長半個世紀。魏玩在詞壇上的橫空出世，打破了男詞代言女子心聲的局面，使世人看到了眞正的女子心聲。歐陽炯在第一部文人詞集《花間集》序中曾講過作詞的環境和動機：「則有綺筵公子，繡幌佳人，遞葉葉之花箋，文抽麗錦；舉纖纖之玉指，拍按香檀。不無清絕之詞，用助妖嬈之態。自南朝之宮體，扇北裡之倡

風。」男子作脂粉氣濃郁的婉約小詞，模擬女子的神情心理，帶著香豔氣息，與眞正的女子心境與審美心理終究隔了一層，女性自己所作的詞，卻大多清新宛然，和諧柔美，毫不矯揉造作。她們的審美風格純淨雅致，並不同於男性作閨音的濃豔綺麗。

魏玩堪稱女子詞史和婉約詞的開創者，原著《魏夫人集》已散失。其留存於世的作品只有十四首詞。但留存的這十四首詞也足以讓人看到魏玩非凡的才氣。她也寫過很多詩，但如今只有一首詩及幾章殘句留存。據鄧紅梅《女性詞史》載，她是北宋作詞最多的女性，也是女性詞史上第一位傳詞最多的女作者。從某種意義上來說，她是女性詞開始具有自我性徵的第一個作家。

她是貴族夫人，自小嬌生慣養，出嫁後錦衣玉食，生活優裕，夫妻恩愛，算得上圓滿幸福。唯一的不足大概就是丈夫長期奔波於仕途，夫婦倆經歷著長久的別離。她很多時候都是獨守空房，拋卻不少相思淚。因此，她的詞作多是抒發自己的閨怨離愁。不過，她雖然寫詞眾多，卻並未把寫詩作詞作爲自己的自覺追求，只是自抒懷抱而已。

她寫過一首《繫裙腰》，抒發了對丈夫既怨恨又思念的複雜感情：

燈花耿耿漏遲遲。人別後，夜涼時。西風瀟灑夢初回。誰念我，就單枕，皺雙眉。

錦屏繡幌與秋期。腸欲斷，淚偷垂。月明還到小窗西。我恨你，我憶你，你爭知。

她深深地思念丈夫，由愛生恨，由恨生怨，而由怨又回歸到愛。她和丈夫感情融洽，心心相印，因此這相思之苦就愈發難熬。她柔腸寸斷，粉淚偷垂，字字句句，都是發自於內心的相思之情。而詞作最後「我恨你，我憶你，你爭知」直抒胸臆，突破了「溫柔敦厚，怨而不怒」的詩教傳統，顯得十分大膽和痛快。

魏玩還作有一首《卷珠簾》，首先是回憶過去和夫君一起賞花的愉悅快樂，然後回到獨守空房寂寞憂愁的現實中，對比強烈，很有藝術感染力：

記得來時春未暮，執手攀花，袖染花梢露。暗卜春心共花語，爭尋雙朵爭先去。
多情因甚相辜負，輕拆輕離，欲向誰分訴。淚濕海棠花枝處，東君空把奴分付。

魏玩還有一首《點絳唇》，寫的也是離愁，但是意象清新，如「畫船明月」、「淡煙疏柳」等，給人以美的享受：

波上清風，畫船明月人歸後。漸消殘酒，獨自憑闌久。

聚散匆匆，此恨年年有。重回首，淡煙疏柳，隱隱蕪城漏。

她在詞中開解自己「聚散匆匆，此恨年年有」，但仍然忍不住浮起淡淡的憂傷悵惘。和她的前兩首詞作比起來，這首顯得更爲含蓄蘊藉。

魏玩作過一首《菩薩蠻》，一改幽怨纏綿之態，清拔秀逸，頗有民歌的清新風範：

紅樓斜倚連溪曲，樓前溪水凝寒玉。蕩漾木蘭船，船中人少年。

荷花嬌欲語，笑入鴛鴦浦。波上暝煙低，菱歌月下歸。

魏玩還曾作過一首詠史詩《虞美人》，以項羽、虞姬的故事爲題材，這也是她唯一一首傳世之詩，保存在明代鍾惺所編的《名媛詩歸》之中：

鴻門玉閂紛如雪，十萬降兵夜流血。

咸陽宮殿三月紅，霸業已隨煙燼滅。

剛強必死仁義王，陰陵失道非天亡。
英雄本學萬人敵，何用屑屑悲紅妝。
三軍敗盡旌旗倒，玉帳佳人坐中老。
香魂夜逐劍光飛，清血化爲原上草。
芳心寂寞寄寒枝，舊曲聞來似斂眉。
哀怨徘徊愁不語，恰如初聽楚歌時。
滔滔逝水流今古，楚漢興亡兩丘土。
當年遺事總成空，慷慨尊前爲誰舞。

魏玩收過一個女徒弟，是一位張姓監酒使臣的女兒。魏玩遇見那女孩時，女孩才六、七歲年紀，伶俐可愛，慧黠異常。魏玩非常喜歡她，便教她讀詩書。女孩子一點即透，進步很快，成爲了她的衣缽傳人。

後來這女孩被選入宮中，頗善筆劄，精明能幹，掌命令之出入，成爲了一名出色的女官。魏玩逝世時，女孩很悲慟，作下《哭魏夫人》詩以悼念：

香散簾幃寂，塵生翰墨閑。
空傳三壺譽，無復内朝班。

可惜這位張姓才女的傳世之詩只有這麼一首。

宋代理學大師朱熹評論道：「本朝婦人能文者，唯魏夫人、李易安二人而已。」明朝楊慎在《詞品》中說：「李易安、魏夫人，使在衣冠之列，當與秦觀、黃庭堅爭雄，不徒擅名於閨閣也。」

33. 還同薄命增惆悵，萬轉千回不自由

溫琬

溫琬，北宋女詩人，字仲圭，本良家子，姓郝，小名室奴。仁宗至和二年（1055），溫琬生於璧山縣城（今重慶市璧山區）一個平民家庭。她周歲時父親郝逵病亡，留下孤兒寡母。母親無法養活女兒，便由璧山遷徙至陝西，把溫琬寄養於鳳翔妹妹家，自己以做娼妓為生。

溫琬因此在姨母家長大。姨母見她聰明伶俐，靈慧異常，對她用心教育。溫琬六歲開始學習詩書，小小年紀的女孩居然特別有學習的勁頭，可以為了學習徹夜不睡，日誦千言。她也喜好書法，落筆並沒有婦人的柔弱之態，筆鋒遒渾有格。

她嫻靜溫柔，不好嬉戲，唯愛讀書。她幼時穿上男子衣袍去求學，同學和她同窗幾年，不知道她竟然是女子。到了十五歲，溫琬的書法已成氣候，「善翰墨」，不少人慕名前來求她的書墨。溫琬落落大方，在紙上一揮而就，得之者如獲至寶，珍重捧去。

溫琬善談《孟子》，不僅能明瞭其義理，還能暗暗背誦，不漏一字。只要有人舉出孟子的一句話，溫琬則應聲而答這一篇是在哪一版哪一頁上，其博聞強記如此。她還著下《孟子解義》八卷，「辭理優當」，但她秘密收藏了這部作品，並未出示給其他人看。溫琬還盡釋九經、十二史、諸子百家及兩漢以來文章議論、天文、兵法、陰陽、釋道之要。時人認爲她的淵博學識遠超宿學之士。

姨父姨母見她如此聰明，才華驚人，很是憂慮，恐怕她會通曉時事，生出異志，於是沒收了她的書籍，只許她專事女紅。但溫琬已經沉迷於詩書之中不可自拔，仍然偷偷日夜默默記誦詩詞。

她勤於女紅，溫和柔順，孝敬長輩，與親友相處和睦，很讓人憐愛。等她長到了十四歲，姨父姨母就張羅著給溫琬尋一門好親事。得知消息後，上門求親者絡繹不絕。姨父姨母再三考慮，決定把溫琬許配給一戶姓張人家的兒子。

恰在此時，溫琬的母親從河南趕來，要接她回去。溫琬不肯，母親便告到官府之中。姨父姨母不得已解除了溫琬與張家兒子的婚約。溫琬非常悲痛，但仍然不得不跟隨母親回到了河南，寓居郡府，侍奉母親。

溫琬並無兄弟，回到河南之後，食不飽腹，衣不足暖，又見群妓濃妝豔抹，賣弄風騷，感到非常不適。她雖然不願爲娼妓，但見母親年老，無人侍養，不得已還是走上了這一條路，最終賣身爲娼。

爲此，她感到十分痛苦，卻又無可奈何。她歎道：「娼者固冗藝之妓也，有不得已而流爲此業，所以藉賴金錢，活其生養其親而已矣。」

自從爲娼之後，溫琬始終鬱鬱不樂，終日沉坐，靜讀詩書。她雖然學識淵博，善於書法，長於論辯，但不喜作詩。很快，溫琬特立獨行的才女名氣便傳開了。太守張靖聽聞了有這麼一個博學的女子，特地找到她。交談之後，太守很愛惜她的才華，對她說：「歌詩，人所致難，故君子莫不有作。爾既讀書，不學詩，何以留名？」溫琬聽取了他的建議，開始學習寫詩。

有一天，溫琬拜見太守，告訴他自己已經在學詩了，太守當即便出題命她作詩，她援筆而就，寫了一首《席上賦太守流杯》：

繞坐水分山下潤，盈瓶酒泛桂中漿。
棠郊不是淹留地，紫詔行飛且引觴。

太守看得頻頻點頭，大爲稱讚。從此，溫琬開始與當地名士進行唱和，她的名氣更大了。她的酬唱之作很多，但現在僅留存兩首，一首寫雪月，一首寫園林：

雪夜觀月

天寒雪夜相輝映，此夕家家盡玉堂。
梅老不收千里豔，桂新推出一輪香。
詩心挨曉吟晴景，木凍搖風拂冷光。
天上人間都作白，餘輝思借讀書房。

和劉景初園亭

養恬高士厭塵籠，一簇林亭氣郁叢。
繼日管弦皆雅麗，滿城車馬盡交通。
小舟輕泛泉飛碧，秀木横空葉墮紅。
聞說留題詩版處，愧將狂斐廁名公。

溫琬此時所作的詩大多是席上贈答之作，多警句，人爭傳誦，聲譽很高。士人相聚而言曰：「從遊蓬島宴桃溪，不如一見溫仲圭。」連當時的宰相司馬光見了都稱讚不已，太守張靖贈溫琬詩云：「桂枝若許佳人折，應作甘棠女狀元。」認為如果科舉允許女子應試的話，溫琬一定能考中女狀元。

溫琬特別喜歡唐代詩仙李白和詩聖杜甫的詩，她作詩也很勤奮，很快便寫了五百篇詩章，並把這些詩章整理好，編成一本詩集。不幸的是，這本凝聚了她的才思與心血的詩集竟為好事者竊去。後來溫琬又吟詩百首，可惜這些詩歌都並未傳世。現在僅有三十首留存於世。

時光荏苒，溫琬對娼妓生活越來越厭惡。某一日，她忽然下了決心，更換了衣服，乘著一頭驢子，匆匆忙忙逃往鳳翔。溫琬身為官妓，無人身自由，不能擅自離去，因此她剛到潼關，太守已下令追捕她，她巧妙地擺脫了關吏，逃回了姨父姨母家裡。

姨母對她疼愛至極，見她回來，喜之不盡，趕緊收留了她。溫琬以為自己可以從噩夢中擺脫出來，恢復之前恬柔寧靜的生活。卻沒想到此事被人洩漏，太守得知後，大為生氣，派人把溫琬抓了回去。

回來之後，太守質問溫琬：「何故而去？」溫琬道：「以非公，私故而去。」於是向太守訴說了自己不願為娼的苦衷。太守的怒氣消散，非常同情她，於是自己出錢給溫琬贖身。溫琬終於自由了。

溫琬此時寫下了一首《香篆》，訴說了身為官妓不得自由的苦楚：

一縷祥煙綺席浮，瑞香濃膩繞賢侯。
還同薄命增惆悵，萬轉千回不自由。

溫琬自由之後，希望能嫁人。但是太守因賞識她的才華，不捨她離去，因此她在河南又停留了一段時間，直到太守卸任，溫琬才請求離開，和母親遷往京師。從此，她開始了全新的生活，終於感到了眞正的自由舒暢。

後來溫琬認識了太原的一位姓王的書生，兩人陷入熱戀。但王生投筆從戎，與溫琬離別，一去之後杳無音訊。溫琬感到極為孤獨，寫下《述懷寄人》：

分手長亭後，音書更杳聞。

離愁應似我，況味不如君。
玉管寧無恨？蘭猶別有薰。
攀思共明月，心緒正紛紜。

冬日裡萬木凋零，她獨自憑樓想念情郎，心中淒苦憂鬱，作下《初冬有寄》：

萬木凋零苦，樓高獨憑欄。
繡幃良夜永，誰念怯輕寒。

溫琬殷殷期盼著王生的歸來，但是她又一次失望了，噩耗傳來，王生戰死沙場，溫琬悲痛欲絕。她從此再也沒有遇見合心意的男子，就此寂寞一人，孤獨終老。

34. 簾卷西風，人比黃花瘦

李清照

李清照號易安居士，齊州章丘（今山東省濟南市章丘區）人。她出身名門，父親李格非進士出身，官至禮部員外郎，還是著名文學家蘇軾的學生，爲蘇門「後四學士」之一。李清照的生母與繼母也都是名門之後。

在這樣開明寬鬆的環境裡長大，李清照才華橫溢、靈心慧智自不待說，還擁有了當時女子難以擁有的率真自然、大方爽朗的性格，以及極爲廣博的興趣與專長。

她喜歡飲酒，喜歡賞花，還喜歡「打馬」。「打馬」是古代一種博輸贏的棋藝遊戲，李清照著有《〈打馬圖經〉序》。在序中，她驕傲和自信地說：「慧則通，通則無所不達；專則精，精則無所不妙。」她還對金石書畫等古代文物充滿了好奇與研究的興趣。她不僅極擅長作詞，還著有一篇系統討論詞的創作規範的《詞論》。這是古代第一篇系統的詞學專論，對自唐至宋的數百年詞史發展流程，作了全面深細的梳理，且提出自己對詞「別是一家」本質內涵的體認。《詞論》在理論闡發所達到的高度，代表了那個時代的最高水準，她可以當之無愧地被稱爲「詞學家」。因此，李清照被認爲是「千古第一才女」，古代所有才女之中最爲傑出的一位。

《如夢令》據說是李清照十六歲時所寫，也有說法是她年老之後回憶青春時所寫，詞中滿是輕巧靈俏之意，可見她年少時光的確過得愜意無憂：

常記溪亭日暮，沉醉不知歸路。興盡晚回舟，誤入藕花深處。爭渡，爭渡，驚起一灘鷗鷺。

她曾寫下一首甜蜜柔美的《點絳唇》，是她最著名的作品之一：

蹴罷秋千，起來慵整纖纖手。露濃花瘦，薄汗輕衣透。
見客入來，襪剗金釵溜，和羞走。倚門回首，卻把青梅嗅。

活潑嬌憨的少女，剛剛玩罷秋千，活動一下酸麻的雙手，薄汗微濕衣，如同露水打濕了花朵。忽然看見有陌生少年進來，嚇得趕緊溜走，慌亂中劃破了羅襪，掉落了金釵，卻又忍不住在門邊回首，裝作嗅青梅的樣子，悄悄地打量著那個俊秀少年。

也許這是李清照和夫君趙明誠的第一次見面。一見之下，怦然心動，悄然歡喜，兩人就此緣定終生。十八歲時，李清照與二十一歲的趙明誠結婚了。

趙明誠的父親趙挺之，當時是吏部侍郎，後來升至宰相的高位。趙明誠雖然是「高幹子弟」，但並不是個不學無術的公子哥兒，他底蘊修養也相當之高，還有個很有品味的愛好：文物收藏。婚後，他們十分投緣，達到了「夫妻擅朋友之勝」的理想境界。每個月的初一和十五，趙明誠還會帶著她到相國寺遊玩，捧著淘到的金石古玩和一大堆零食回來，一邊玩著器具，一邊吃著帶回來的零食。琴瑟和諧，夫唱婦隨。

她寫了很多詞來記錄她的幸福，那樣清新靈動，那樣甜蜜快活，毫不忌諱地展現自己的心情，如《浣溪沙》：

繡面芙蓉一笑開，斜飛寶鴨襯香腮。眼波才動被人猜。
一面風情深有韻，半箋嬌恨寄幽懷。月移花影約重來。

少女微笑著的嬌美面龐宛如出水芙蓉，明豔不可方物；她把用寶石鑲嵌的飛鴨狀頭飾斜插鬢邊，美目盼兮，秋波流轉，如此清澈明亮，湧動著生命最初悸動的喜悅和怕人發現自己秘密的微妙與羞澀。她思念心上人，相思娟娟入骨。等待著的甜蜜與期盼著的喜悅交織著，她終於忍不住展開半張素箋，將滿懷的思念與幽怨訴於筆端。這首詞寫得極爲婉約旖旎，滿是夢幻和憧憬，充滿了青春的活力與旖旎的想像。

又如這首《減字木蘭花》：

賣花擔上，買得一枝春欲放。淚染輕勻，猶帶彤霞曉露痕。
怕郎猜道，奴面不如花面好。雲鬢斜簪，徒要教郎比並看。

花兒太美了，新嫁娘也不禁起了好勝之心，於是，將花兒斜斜簪在鬢髮上，撒嬌讓新郎看，評評人與花哪一個更美。「雲鬢斜簪」，花面相映，該是如何嫵媚清新？趙明誠此時當是心神俱醉吧。新婚妻子嫣然一笑，如美玉生暈，若異花初胎，似新雪堆樹，她美得如此震撼，靜靜佇立在那裡，小鹿般烏亮的眸子顧盼流轉，他的心靈一下子冰清玉淨。天地間，除了她，還是她。

此時的李清照，她的心裡滿溢著甜美而潔淨的芬芳。她愛著他，他也愛著她，而他們又那麼年輕。這眞是最幸福的事情。

趙挺之後來被罷官，趙明誠也無官可做，李清照於是陪丈夫到山東青州隱居，這一去就是十年。這十年，也是他們生命中最爲安逸幸福的十年。在這十年裡，他們一起讀書，切磋學問，共同撰寫了考古巨著《金石錄》。李清照在《〈金石錄〉後序》中提及這段生活：「後屛居鄉里十年，仰取俯拾，衣食有餘。連守兩郡，竭其俸入，以事鉛槧。每獲一書，即同共勘校，整集簽題。得書、畫、彝、鼎，亦摩玩舒卷，指摘疵病，夜盡一燭爲率。」又道：「余性偏強記，每飯罷，坐歸來堂烹茶，指堆積書史，言某事在某書某卷，第幾頁第幾行，以中否角勝負，爲飮茶先後。」李清照記憶力極強，茶餘飯後，夫妻倆比賽，說某事在某卷書第幾頁的第幾行，如果中了，就可以先飮茶。常常是李清照獲勝，她因爲太開心了，總是舉杯大笑，弄得茶傾懷中。「賭書潑茶」也成爲流傳至今的千古佳話。

他們把青州的書房稱作「歸來室」，稱內室爲「易安室」，李清照的號「易安居士」，也是由此而來。趙明誠在李清照三十一歲生日時還爲她畫了一幅小像，是爲《易安居士畫像》，並題道：「易安居士三十一歲之照。清麗其詞，端莊其品，歸去來兮，眞堪偕隱。政和甲午新秋，德父題於歸來堂。」「清麗其詞，端莊其品」這八字評語極妥，暗藏溫柔，可見明誠對清照之愛意。

有一次，趙明誠外出未歸，李清照一人獨守閨房。重陽節到了，她思念遠方的丈夫，就塡了首《醉花陰》：

薄霧濃雲愁永晝，瑞腦銷金獸。佳節又重陽，玉枕紗㡧，半夜涼初透。
東籬把酒黃昏後，有暗香盈袖。莫道不銷魂，簾卷西風，人比黃花瘦。

趙明誠看到妻子寄給他的這首詞作，不禁嘆服，於是閉門作詞，專心做了幾十首，和李清照的混在一起，讓朋友選出佳句。朋友玩味再三，說：「只有三句絕佳。」趙明誠一看：「莫道不消魂，簾卷西風，人比黃花瘦。」正是李清照所寫。他從此越發對妻子心悅誠服。

北宋靖康二年（1127），北方金國攻破了汴京，徽宗、欽宗父子被俘，徽宗的第九個兒子、欽宗的弟弟康王趙構於同年五月，在應天府登基，由此開始了南宋朝廷的統治，趙構也就是宋高宗。這個時候金兵還在後面追趕，宋高宗就帶著大臣一路南逃，李清照和丈夫也跟隨著一路南行，多年搜集來的金石字畫都在逃亡的過程中散失了。路上趙明誠接到朝廷要重新起用他爲湖州知府的聖旨，於是兩人分離，不料這一分離便成爲了永別。

不久，趙明誠在去建康（今南京）報到的路上病死了。快要五十歲的李清照得知這一消息，痛不欲生。國破家亡，身世飄零，此時的李清照淒清寂寞，正如一隻離群的孤雁。她無語凝噎，臨淚研墨，寫下了一首《孤雁兒》：

藤床紙帳朝眠起，說不盡，無佳思。沉香斷續玉爐寒，伴我情懷如水。笛裡三弄，梅心驚破，多少春情意。

小風疏雨蕭蕭地，又催下，千行淚。吹簫人去玉樓空，腸斷與誰同倚？一枝折得，人間天上，沒個人堪寄。

詞前有幾句小序，是這樣寫的：「世人作梅詞，下筆便俗。予試作一篇，乃知前言不妄耳。」她說，世人寫詠梅的詞太多了，但是寫得好的不多，大多一下筆便落俗套。我也試著填了一首，才知道前面說的不是假話。「一枝折得，人間天上，沒個人堪寄」。可是今天折下梅花，找遍人間天上，四望茫茫，沒有一人可供寄贈。言已盡，悲涼之意卻綿綿不絕。

不久，她又寫下一首《武陵春》：

風住塵香花已盡，日晚倦梳頭。物是人非事事休，欲語淚先流。
聞說雙溪春尚好，也擬泛輕舟。只恐雙溪舴艋舟，載不動，許多愁。

趙明誠去逝之後，李清照就孤身一人流落江南，顛沛流離，身體越來越虛弱。南宋紹興二年（1132），她來到杭州，認識了張汝州。張汝州花言巧語，對她百般示好。李清照無依無靠，一念之差，嫁給了張汝州。結婚之後，李清照才發現，張汝州其實只是貪圖她的錢財與收藏，對她「日加毆擊」，於是憤而離婚。

但按照宋朝的法律，女人如要求離婚，即使丈夫有罪，訴訟成功了，女人也得坐兩年牢。儘管離婚要面臨牢獄之災，但她在所不惜，只求活得無愧於心，如此剛烈。這場錯誤的婚姻僅僅持續了三個多月。幸好，家人設法營救，李清照僅僅在監獄待了九天，便被釋放。

經此大難，她已經無家可歸，於是住在弟弟家中。她仍是堅持寫她所鍾愛的詞，藝術技巧越發爐火純青。她在一個淒冷的秋夜，寫下了一首《聲聲慢》：

尋尋覓覓，冷冷清清，淒淒慘慘戚戚。乍暖還寒時候，最難將息。三杯兩盞淡酒，怎敵他、晚來風急？雁過也，正傷心，卻是舊時相識。

滿地黃花堆積，憔悴損，如今有誰堪摘？守著窗兒，獨自怎生得黑！梧桐更兼細雨，到黃昏、點點滴滴。這次第，怎一個愁字了得！

張端義於《貴耳集》中贊曰：「此乃公孫大娘舞劍手，本朝非無能詞之士，未曾有一下十四疊字者，用《文選》諸賦格。後疊又云『梧桐更兼細雨，到黃昏點點滴滴』，又使疊字，俱無斧鑿痕。更有一奇字云『守著窗兒，獨自怎生得黑？』『黑』字不許第二人押。婦人有此文筆，殆間氣也。」

清代張潮《幽夢影》說：「所謂美人者，以花爲貌，以鳥爲聲，以月爲神，以柳爲態，以玉爲骨，以冰雪爲膚，以秋水爲姿，以詩詞爲心，以翰墨爲香，吾無間然矣。」李清照，就是這樣才貌雙全的美人。有人贊她是「亂世中的美神」，一點不爲過。

35. 月上柳梢頭，人約黃昏後

朱淑真

宋朝以詞名世的女詞人不少，但有詞集傳世的，僅有兩宋之交的李清照和南宋的張玉娘、朱淑眞。

朱淑眞，自號幽棲居士，南宋寧宗及理宗間人，祖籍安徽休寧，後移居杭州。她出生在一個富裕之家，父母疼愛，悉心培養她。她又聰明靈慧，多才敏思，很快就學會了詩文書畫琴五藝。明代畫家杜瓊在朱淑眞的《梅竹圖》上曾題道：「觀其筆意詞語皆清婉……誠閨中之秀，女流之傑者也。」明代另一畫家沈周在《石田集．題朱淑眞畫竹》中說：「繡閣新編寫斷腸，更分殘墨寫瀟湘。」

在她的作品集《斷腸集》中有詩三百三十七首、詞三十二首、文一篇。陳文焯《詞壇叢話》中說：「朱淑眞詞，風致之佳，情詞之妙，眞不亞於易安。宋婦人能詩詞者不少，易安爲冠，次則朱淑眞，次則魏夫人。」認爲她的文才在魏夫人之上，僅次於李清照。《歷朝名媛詩詞》中也評論她：「才色清麗，罕有比者。」

少女時代的朱淑眞，活潑開朗，極具浪漫情懷。她擁有過富家少女愜意安寧的時光，她家中有東西兩處小園，她常在園中賞花、逗鳥、看書、作畫。她曾作下一首《即景》：

竹搖清影罩幽窗，兩兩時禽噪夕陽。
謝卻海棠飛盡絮，困人天氣日初長。

詩中寫的是夏日，竹子輕搖，影子籠罩在小窗上，讓人備覺清涼。夕陽正在落下，成雙成對的鳥兒正在鳴叫。海棠已經謝了，昔日紛飛的柳絮也不見了。白天顯得格外漫長，讓人困倦。詩中透出慵懶恬靜的意味。

閨中生活，對於朱淑眞來說，是安寧靜謐卻又百無聊賴的。她天性渴望自由，經常去西湖邊泛舟遊玩。《遊湖歸晚》這首詩，寫的就是她一次愉快的出遊：

戀戀西湖景，山頭帶夕陽。

歸禽翻竹露，落果響芹塘。
葉倚風中靜，魚遊水底涼。
半亭明月色，荷氣惱人香。

少女朱淑眞還有著一群同樣通詩文的女友，她曾邀請女友們一起圍爐夜話，唱詞賞詩，並作下《圍爐》一詩：

圍坐紅爐唱小詞，旋篘新酒賞新詩。
大家莫惜今宵醉，一別參差又幾時。

即使是雪夜裡，朱淑眞也興致頗高，她看到一樹梅花在雪中灼灼生姿，皎皎月光下尤覺得清澈潔淨，忍不住小酌一杯，吟下一首《雪夜對月賦詩》：

一樹梅花雪月間，梅清月皎雪光寒。
看來表裡俱清澈，酌酒吟詩興盡寬。

年少天眞之時，她曾經期待自己能夠有一番作爲，曾作下《春日亭上觀魚》：

春暖長江水正清，洋洋得意漾波生。
非無欲透龍門志，只待新雷震一聲。

實際上，作爲女子，她雖然滿腹詩書，卻不能像男子一般去求取功名，無法實現自己的人生價值。她只得把鬱悶之情訴諸詩詞，寫下一首《春晝偶成》：

默默深閨晝掩關，簡編盈案小窗寒。
卻嗟流水琴中意，難向人前取次彈。

於是，她開始憧憬著愛情。她想像中的翩翩公子，眉清目秀，能寫出「唯有兩行低雁，倚畫樓月」那樣旖旎的句子。

初合雙鬟學畫眉，未知心事屬他誰？
待將滿抱中秋月，分付蕭郎萬首詩。

如果這個人終於借助一個偶然的契機來到她的面前，她當是眼波流轉，低頭微笑，瞬間滄海，一眼萬年。這樣的憧憬無疑是美好的，但是在婚姻由父母之命、媒妁之言決定的情況下，幾乎是不可能實現的。

為了她心中的浪漫，朱淑眞大膽地追求愛情，並的確有過一段刻骨銘心的初戀。她曾和那位男子一起共遊西湖，並寫下《清平樂．夏日遊湖》，極是旖旎與開朗：

惱煙撩露，留我須臾住。攜手藕花湖上路，一霎黃梅細雨。
嬌癡不怕人猜，和衣睡到人懷。最是分攜時候，歸來懶傍妝台。

年輕的朱淑眞活潑快樂，竟做出「嬌癡不怕人猜，和衣睡到人懷」的驚世駭俗之舉，當然會遭到當時封建衛道士們的攻擊，斥責她「淫姑泆女」，「有失婦德」。她還不顧世俗的反對，與他在上元佳節幽會。後來她寫下了《生查子．元夕》，紀念這場沒有結果的初戀：

去年元夜時，花市燈如畫。月上柳梢頭，人約黃昏後。
今年元夜時，月與燈依舊。不見去年人，淚滿春衫袖。

此詞見載於《斷腸詞》，不過這首詞在學界一直有爭議，不知到底是朱淑眞所作還是歐陽修所作。但是這首詞，是無可爭議的好詞。尤其那句「月上柳梢頭，人約黃昏後」，宛轉旖旎，風流無限。

她的父母得知她的戀情之後，大怒，不允許她再與那個心儀的男人來往。初戀就這樣被扼殺了，朱淑眞十分痛苦，她寫了一首著名的《鵲橋仙．七夕》，寄託了對這場初戀的感受：

巧雲妝晚，西風罷暑，小雨翻空月墜。牽牛織女幾經秋，尚多少、離腸恨淚。
微涼入袂，幽歡生座，天上人間滿意。何如暮暮與朝朝，更改卻、年年歲歲。

她後來嫁給了一戶門當戶對的人家，丈夫是一個商人（「市井民家」），家境無憂，但她始終無法愛上那個人。而她丈夫也並不懂她、珍惜她。她柔腸寸斷，寫下了一首《阿那曲》：

夢回酒醒春愁怯，寶鴨煙銷香未歇。薄衾無奈五更寒，杜鵑叫落西樓月。

淒涼冷清之意直透心頭。

她想起曾經爲初戀的愛人寫過的美麗詩句，對比眼前之景，越發難過。那個名義上的丈夫，木訥呆笨，根本不懂得她那些千迴百轉的女兒心思，於是她又作《愁懷》，抒發自己的幽怨之情：

鷗鷺鴛鴦作一池，須知羽翼不相宜。
東君不與花爲主，何似休生連理枝。

她越發思念那個曾經刻骨銘心愛過的人。但所能做的，只有把一腔愁緒，付諸詩詞，如這首《減字木蘭花・春怨》：

獨行獨坐，獨唱獨酬還獨臥。佇立傷神，無奈輕寒著摸人。

此情誰見，淚洗殘妝無一半。愁病相仍，剔盡寒燈夢不成。

愛情帶來的快樂，只有一秒，而愛情所帶來的憂愁與痛苦，卻延續了整整一生。淚珠空拋，卻再也無法和初戀相見，只有在夢中思量。最後，她與丈夫離異，抑鬱而死。

朱淑眞生前，身邊似乎從來沒有一個眞正理解她、愛護她、欣賞她的人，丈夫是她痛苦的根源，初戀也最終分道揚鑣，而至親如父母，卻也不是開明的人，對女兒更談不上理解支持。她只有愁腸寸斷，曾作《悶懷二首》：

黃昏院落雨瀟瀟，獨對孤燈恨氣高。

針線懶拈腸自斷，梧桐葉葉剪風刀。

秋雨沉沉滴夜長，夢難成處轉淒涼。

芭蕉葉上梧桐裡，點點聲聲有斷腸。

後來她的作品集便取名爲《斷腸集》。

她婚姻的不幸，父母認爲是因爲讓她讀多了書，移了性情所致，將所有的錯誤都怪罪在她身上，對她沒有半分憐惜。朱淑眞便作《自責》二首，慨歎「始知伶俐不如癡」，全詩純用反語，表達自己的激憤與抗議：

女子弄文誠可罪，那堪詠月更吟風。
磨穿鐵硯非吾事，繡折金針卻有功。
悶無消遣只看詩，不見詩中話別離。
添得情懷轉蕭索，始知伶俐不如癡。

她死後，她的書稿連同她的遺體被她的父母付之一炬。並且，父母也沒給她立墓，而將她的骨灰拋棄在錢塘江水之中，以此作爲對她「失貞」的懲戒。《斷腸集序》中感歎：「其死也，不能葬骨於地下。」

雖然這樣，朱淑眞的詩詞卻並沒有全部湮沒，父母燒毀詩稿之後，她所餘下的「百不存一」的詩詞作品，還是慢慢傳播了出去。南宋淳熙九年（1182），有一個名叫魏仲恭的人，極其欣賞朱淑眞的才學，精心將朱淑眞的殘存作品輯錄出版，並爲之作序，記錄下了這位才華卓絕卻又命運堪憐的女子。序文開頭說：「比在武陵，見旅邸中好事者往往傳誦朱淑眞詞，每竊聽之，清新婉麗，蓄思含情，能道人意中事，豈泛泛所能及？未嘗不一唱而三歎也！」

36. 等閒老去年華促，只有江梅伴幽獨

孫道絢

孫道絢，北宋末南宋初時福建建安（今福建省建甌市）人，號沖虛居士。她從小聰明伶俐，博聞強記，涉獵經史子集，作下很多詩詞，是一個錦口繡心的才女。她的兒子黃銖也是一位詞人，是朱熹的前輩和友人。

她曾作有一首《如夢令》，輕快活潑，似是少女時代的作品：

翠柏紅蕉影亂。月上朱欄一半。風自碧空來，吹落歌珠一串。不見，不見，人被繡簾遮斷。

她還有一首回憶自己少女時代春遊時光的小詞《憶少年》：

雨晴雲斂，煙花淡蕩，遙山凝碧。驅車問征路，賞春風南陌。
正雨後梨花幽豔白。悔匆匆、過了寒食。歸家漸春暮，探酴醾消息。

孫道絢長大後嫁給了一位姓黃的男子。婚後她生下了一個兒子，取名黃銖。夫妻倆感情很好，但可惜未能白頭偕老。過了幾年，她的丈夫便逝世了，而此時她不過三十歲。

她和丈夫相守十年，感情深厚，他一夕之間離她而去，令她腸斷淚流。一日黃昏，她回想往事，種種恩愛猶如夢境，卻都已成空。她悲不自勝，獨自從黃昏一直徘徊到了深夜，直到月光滿身。

她作下一首《醉思仙．寓居妙湛悼亡作此》，這也是她最爲人稱道的作品，其中融入了她深切眞摯的個人感受與具有普遍性的人生悲哀，具有極強的感染力：

晚霞紅，看山迷暮靄，煙暗孤松。動翩翩風袂，輕若驚鴻。心似鑒，鬢如雲，弄清影，月明中。謾悲涼，歲冉冉，蕣華潛改衰容。
前事銷凝久，十年光景匆匆。念雲軒一夢，回首春空。彩鳳遠，玉簫寒，夜悄悄，恨無窮。歎黃塵久埋玉，斷腸揮淚東風。

爲了專心養育兒子，她沒有再婚，守志以終。她作有一首《清平樂・雪》，顯示出自己高潔的審美情趣，也表露了自己的孤寂之情：

悠悠揚揚，做盡輕模樣。夜半蕭蕭窗外響，多在梅邊竹上。
朱樓向曉簾開，六花片片飛來。無奈熏爐煙霧，騰騰扶上金釵。

在她的詞中，雪花輕盈可愛，飄落在潔淨堅韌的梅花和竹子上。雪花飛入室內，被熱氣所熏，化爲水蒸氣，縈繞在金釵上。

她還有一首《滴滴金・梅》，則是借景抒情，借物詠志，那孤獨但雅潔的梅花，正是她自身的象徵，用筆十分典雅：

月光飛入林前屋。風策策，度庭竹。夜半江城擊柝聲，動寒梢棲宿。
等閒老去年華促，只有江梅伴幽獨。夢繞夷門舊家山，恨驚回難續。

在寂寞的歲月中，她也漸漸地老去了。幸好有幾位老友，慰藉著她的心。她曾作有《憶秦娥‧季溫老友歸樵陽，人來間書，因以爲寄》，表達了對朋友的深切思念，也透露了自己寡居的孤寂與痛苦：

秋寂寞，秋風夜雨傷離索。傷離索，老懷無奈，淚珠零落。

故人一去無期約，尺書忽寄西飛鶴。西飛鶴，故人何在，水村山郭。

她雖然著詞甚富，但晚年家中遭遇了火災，詩詞全部毀去。她的兒子黃銖只得到處苦苦搜求，終於記錄了幾首流傳甚廣的作品，使得她的作品不至於全部湮滅。

37. 不知織女螢窗下，幾度拋梭織得成

茜桃

茜桃姿容美麗，能詩詞，有才幹，是北宋眞宗時宰相寇準的侍妾。

寇準是北宋名相，頗有政績，但他生活奢侈，貪圖享受，常常秉燭夜遊，召集侍妾和歌姬們一同飲酒作樂。宋史記錄「準少年富貴，性豪侈」。他年少得志，再加上風流不羈，自然揮霍無度。

寇準的侍妾茜桃卻並非一味柔情綽態、媚於語言的美人，而是精明能幹、很有主見的女子。她見寇準如此夜夜笙歌，沉迷於聲色之中，不禁爲他擔憂，對他的這種行爲頗覺不滿。

有一次，寇準聽一位歌女唱歌。歌女歌技高超，聲音宛轉，很是動聽，寇準聽得極其滿意。他取了一個金杯獨酌獨飲，隨著歌聲不搖頭晃腦，十分愜意。歌女唱畢，寇準又要歌女再唱幾首，直到他盡興爲止。於是歌女柔曼歌聲又響徹大廳。

歌女唱完之後，寇準送給歌女一匹綾綢。歌女接過綾綢，卻還嫌棄寇準給得太少，面上露出不豫之色。侍妾茜桃在一旁把這一幕全部瞧見了，當即便寫下了兩首絕句《呈寇公》：

一曲清歌一束綾，美人猶自意嫌輕。
不知織女螢窗下，幾度拋梭織得成。

風勁衣單手屢呵，曲窗軋軋度寒梭。
臘天日短不盈尺，何似妖姬一曲歌。

茜桃認爲，歌女只是唱了幾首歌，便得到了高昂報酬，猶自嫌少。而織女辛苦織布，日夜不停，好容易才織出一匹綾綢，還比不上歌女輕鬆唱出的一首歌。她不禁慨歎社會不公，世道不平，貧富分配太不均。

寇準一向瀟灑行事慣了的，沒有想到茜桃居然如此大膽，敢出言責備。他當然不會贊同茜桃的觀點，於是寫詩爲自己辯護。他挑出最爲鋒芒畢露的第二首，寫下了針鋒相對的和詩：

將相功名終若何？不堪急景似奔梭。
人間萬事君休問，且向樽前聽豔歌。

寇準認爲人生匆匆，將相功名皆如過眼雲煙，不如及時行樂，樂在當下。就算爲了一曲豔歌一擲千金也好，又何必責問？但寇準也欣賞茜桃直言的勇氣與作詩的才氣，雖然沒有聽取她的建議，但也沒有給予她任何處罰。

後來寇準被貶到嶺南，途經杭州。茜桃陪他前去，結果旅途勞累，得了重病。茜桃自知時日無多，便對寇準說自己的病不會好了，如果她死了，請將她葬到杭州天竺山下。寇準驚訝且哀傷，不能相信年輕多才的愛妾就這麼離自己而去。

茜桃不久就去逝了，寇準按照她的遺囑，將她葬在了天竺山下。

38.可堪梅子酸時，楊花飛絮，亂鶯啼，吹將春去

吳淑姬

吳淑姬，生卒年均不詳，湖州（今屬浙江省）人，約宋孝宗淳熙十二年（1185）前後在世。她是宋朝四大女詞人之一，著有詞集《陽春白雪詞》五卷，但如今留存只有三首。《花庵詞選》黃昇以爲其詞「佳處不減李易安」，又稱她爲「女流中之黠慧者」。

吳淑姬的父親是一名秀才，滿腹才學，卻一直鬱鬱不得志，幸好有一個聰穎美麗的女兒，老懷得以慰藉。她從小由父母做主，許配給了鄰村一秀才。這個秀才才華比不上吳淑姬，但知書達理，家境富裕，雙方父母對這門親事都是滿意的。等到吳淑姬十六歲時，她便嫁給了這個秀才。

新婚之前，吳淑姬梳妝之時，忽然玉簪跌落，碎成兩半。她認爲這是不祥之兆，心中便如壓了一塊大石，沉重不已。果然，這個秀才身體十分孱弱，嫁過去沒幾天，秀才病重，竟不治而亡。吳淑姬認爲玉釵跌落碎裂乃是預兆，自傷身世，鬱鬱寡歡，寫下了

《祝英台近·春恨》一詞：

粉痕消，芳信斷，好夢又無據。病酒無聊，倚枕聽春雨。斷腸曲曲屏山，溫溫沉水，都是舊來看承人處。

久離阻，應念一點芳心，閒愁知幾許？偷照菱花，清瘦自羞覷。可堪梅子酸時，揚花飛絮，亂鶯啼，吹將春去。

她獨自在閨中倚枕聽雨，想到曲曲屏山、溫溫沉水的美好景色，都將隨著春天的逝去而消失，不由得惆悵。在這樣的心境下又恰逢這楊花飛舞、黃鶯亂鳴、暮春將去的時節，怎麼不令人分外傷心呢。春光易逝，而青春也是同樣易逝的，念及於此，情何以堪？

她於是又回到了娘家，鬱鬱寡歡。過了一年，父母又爲吳淑姬找了一戶家境富裕的人家。吳淑姬嫁過去後才發現，丈夫原來是一個不學無術的紈絝子弟，成日拈花惹草，還對她拳腳相加。吳淑姬雖然家境貧寒，但父母疼愛，父親更是把她當作掌上明珠，從小帶著她吟詩作詞，風雅無比，不料世間竟然有如此粗俗之人存在，她也只能在人後偷偷抹淚而已。

一天晚上，吳淑姬難以入眠，起身披衣，獨自來到院中，站在微風和月色裡，煩惱頓消，心靈得到了暫時的寧靜和慰藉。突然，喝得醉醺醺的丈夫從外面歸來，見到吳淑姬一個人坐在庭院之中，就污言穢語地罵開了。吳淑姬正沉浸在風光霽月的清明意境中，忽然被這個俗不可耐的丈夫撞破溫靜心境，禁不住珠淚暗滴。她再也無法忍受這樣的生活，想到一輩子就要和這個沒有共同話題的丈夫度過，她就不寒而慄，於是她思前想後，決定和丈夫離婚。這下丈夫傻了眼，軟硬兼施，堅決不同意。

吳淑姬是外柔內剛的人，她一旦心意已決，就沒有再回頭的可能。被夫家關了起來後，吳淑姬在僕人的幫助下逃跑，卻又被夫家抓回。丈夫惱羞成怒，以不守婦道爲名將吳淑姬告上官府。

吳淑姬索性將罪名一概承擔。她爲了離開那個俗不可耐、和她根本不在同一個世界的男人，寧願坐牢。但吳淑姬才名遠播，官府裡的僚屬聽說她被關押在監獄裡，都想一睹她的風采。一天，當時審理此案的郡僚帶了幾個人一起到監獄裡來看她。吳淑姬被帶了過來，她雖然戴著枷鎖，但風致楚楚，氣質極佳，眾人被她氣韻所鎮，一時說不出話來，只是暗暗讚歎名不虛傳。

獄卒爲她打開了枷鎖，郡僚對吳淑姬說：「我知道你擅長作詞，最好用詞把你的眞實情況寫出來，我儘量想辦法爲你說情。」吳淑姬想到自己確實冤枉，就說：「請出題吧。」

當時正値冬末雪消，春日且至，郡僚就以此景爲題。吳淑姬目視窗外，飛雪剛過，梅花正放，提筆立成一首《長相思》：

煙霏霏，雪霏霏。雪向梅花枝上堆，春從何處回？
醉眼開，睡眼開。疏影橫斜安在哉？從教塞管吹。

這首詞把她的委屈和辛酸以一種清美的方式表現出來，卻融合自然。而她又在詞中表明自己的堅持，雖然羌笛聲想要將梅花催落，但是梅花依然開放得令人心醉，疏影橫斜。

郡僚把她所作的詞出示給同來的人，眾人無不歎賞。第二天，郡僚拿著吳淑姬的詞稿報告太守。太守看了，也是擊節讚賞。

終於到了提審吳淑姬的時候了。在大堂上，太守看到吳淑姬雖然衣衫襤褸，但眉宇間自有清雅之氣，令人忘俗，再看那富家子弟則是粗陋不堪，心下明白幾分。太守聽過二人陳述後，判決他們離婚。

吳淑姬得脫藩籬，回家後對父母說：「除非斷簪復合，否則不再嫁。」她收拾好閨房，邀約舊日好友，琴棋詩畫，開始靜心過自己想過的日子。因與富家子弟打了官司，後來竟無人上門向吳淑姬求親。

轉眼又是暮春，一天，吳淑姬有個要好的朋友來訪，看到書案上她剛剛寫完的新詞《小重山》：

謝了荼蘼春事休。無多花片子，綴枝頭。庭槐影碎被風揉。鶯雖老，聲帶尚嬌羞。
獨自倚妝樓。一川煙草浪，襯雲浮。不知歸去下簾鉤。心兒小，難著許多愁。

這首詞寄託了一種花事已了、青春將逝的感慨，含蓄優美，輕巧可愛。

好友讀完，不禁黯然。好友幾天後再來看望時，手上多了一疊詩稿。吳淑姬細閱詩稿，越看越是喜歡，好友便言明詩是年輕士子楊子治所作。吳淑姬開始期待能和這個楊公子見上一面。而好友又輾轉將吳淑姬的詩稿送給楊子治，楊子治對她的詩也是讚賞有加。

這天，吳淑姬稟告父母曰：「玉簪已合，想必姻緣將至。」女兒自從說了終身不嫁之後，父母見她前次婚姻吃了那麼多苦頭，自然心疼，不願違背她的意願。這次她主動提出婚姻大事，父母自然歡喜。過了幾天，楊家登門求親，其父一口應允。新婚之夜，兩人雙手相握，溫馨無限。吳淑姬終於盼到了有情郎。

這是關於吳淑姬結局的一個說法。另一個說法是，無人肯娶吳淑姬作正妻，還是宋人周介卿的兒子周民將吳淑姬買來作妾，這在當時也算是一個好的結局了。

39. 繞堤翠柳忘尤草，夾岸紅葵安石榴

楊皇后

楊皇后，是南宋寧宗的皇后，浙江會稽（今紹興市）人。她不僅能書會詩，心思也深沉，富有政治頭腦。她曾經參與了矯詔廢皇子、援立理宗、誅殺韓侂冑等一系列重大歷史事件。

楊氏生得極爲美貌，因而被選送入宮。最初她是跟隨母親張氏入隸德壽宮樂部。她不僅美豔過人，而且機警明慧，才華出眾，涉獵詩書，知曉古今。她還特別擅長書法，精於小王筆法，與宮廷畫院的畫家亦有交遊往來。她的書法「波撇秀穎，妍媚之態，映帶漂湘」，是宋代著名的女書法家。

很快，聰明伶俐又美麗出眾的楊氏，便引起了太皇太后吳氏的注意，吳太后很賞識她，於是她便由樂女轉爲吳太后的侍女。吳太后對她青眼相加，甚至由此招來了宮女們的嫉妒。

有一次，吳太后正在沐浴，宮女們便故意攛掇楊氏試穿吳太后的衣服。楊氏不知是計，竟然眞的去試穿吳太后的衣服。宮女們趁機在吳太后面前告狀，說她有僭越行為。不料，吳太后因熟知宮中的鉤心鬥角之事，又寵愛楊氏，並未把此事放在心上，不但沒有怪罪她，還訓斥告狀的宮女，並說也許楊氏將來眞的會穿上這身衣服，擁有跟她一樣的地位。吳太后不過是隨口之言，想不到她的話後來竟然眞的應驗了。

當時，嘉王趙擴經常到吳太后宮中請安。趙擴愛好琴棋書畫，曾寫過一首《浣溪沙・看杏花》：

花似醺容上玉肌，方論時事卻嬪妃。芳陰人醉漏聲遲。
朱箔半鉤風乍暖，雕梁新語燕初飛。斜陽猶送水精卮。

楊氏姿容美麗、聰穎機敏，在吳太后宮中顯得出類拔萃，又得吳太后歡心，很快也引起了趙擴的注意。趙擴當上皇帝後，依舊念念不忘楊氏，經常借機親近，楊氏因此而得幸。吳太后知道後，乾脆將楊氏大方地賜給了宋寧宗。

慶元元年（1195）三月，楊氏嫁給趙擴，封平樂郡夫人。趙擴對楊氏恩寵有加，三年後楊氏進封婕妤，後來進婉儀，次年再進貴妃。她進宮時年齡幼小，忘記了本來的姓氏。當時會稽有一位名人叫楊次山，她便稱他是自己的哥哥，稱自己姓楊。其實是她心機深遠，想在政治舞臺上一展身手。她的家族衰落，她便冒認同籍貫的楊次山為兄長，想以楊次山來作爲自己在宮外的幫手和耳目。

宋寧宗政治上主張抗金，支持北伐，重用抗金名將韓侂冑。慶元五年（1199），恭淑皇后去逝，中宮空缺，楊氏和曹美人均得寵。韓侂冑得知楊氏心思深沉，擅長權術，而曹美人個性柔順，與世無爭，於是勸告宋寧宗立曹美人，以便自己掌握朝政。但楊氏很受寵愛，最終被寧宗立爲皇后。這一年，楊氏四十一歲。

楊皇后知道韓侂冑反對立自己爲皇后，對他懷恨在心，一登上皇后寶座，便勾結楊次山以及禮部侍郎史彌遠，阻撓韓侂冑抗金，主張投降。韓侂冑北伐失敗後，史彌遠趁機勾結楊皇后，密謀殺死韓侂冑。

開禧三年（1207）十一月初三，韓侂冑入朝，被截至玉津園夾牆內活活打死。韓侂冑被殺後，朝廷大權落入史彌遠手中。宋寧宗事先並不知情，之後被迫下詔宣佈韓侂冑之罪。宋金和議終於達成，這就是宋金和議史上最爲屈辱的《嘉定和議》。

寧宗和楊皇后雖然恩愛，卻沒有孩子。景獻太子趙詢薨逝後，宋寧宗領養了宗室中一個名叫趙貴和的孩子。未久，貴和改名爲「竑」，加封濟國公。史彌遠知道趙竑對他反感，決意扶持邵州防禦使趙昀登基。

宋寧宗駕崩當晚，史彌遠半是遊說、半是脅迫楊皇后改立趙昀爲帝。長久猶豫過後，楊皇后便同意放棄趙竑，轉而撫摸著趙昀的脊背說：「汝今爲吾子矣。」趙昀日後登基，便是宋理宗。

楊皇后作品甚多，現在流傳下來的有五十首宮詞。明人毛晉就編有《二家宮詞》一書，共分兩部分：一爲宋徽宗所作，一爲宋寧宗楊皇后所作。楊皇后在政治上主張投降苟安，在文學上也是逃避現實。和花蕊夫人關注宮人哀苦的宮詞不同，楊皇后的宮詞避開了所有現實矛盾，描寫了宮中晚涼泛舟、出遊行樂、騎馬射箭、打球擊鞠的享樂生活，含有歌功頌德、粉飾太平之意，如：

繞堤翠柳忘憂草，夾岸紅葵安石榴。
御水一溝清徹底，晚涼時泛小龍舟。
溶溶太液碧波翻，雲外樓臺日月閑。

春到漢室三十六，爲分和氣到人間。
上林花木正芳菲，内裹爭傳御制詞。
春賦新翻入宮調，美人群唱捧瑤卮。

宋理宗繼位，楊皇后垂簾聽政，她於寶慶二年（1226），加尊號壽明皇太后。紹定元年（1228），又加尊號壽明慈睿皇太后。紹定四年（1231），加尊號壽明仁福慈睿皇太后。紹定五年（1232），楊太后崩於慈明殿，謚曰「恭聖仁烈皇后」。

40. 開到寒梢尤可愛，此般必是漢宮妝

楊妹子

楊妹子，南宋女詩人。她擅長書法，書法似宋寧宗，以藝文供奉內庭，朝廷準備頒賜給貴戚的名畫，必命楊妹子題署。日積月累，楊妹子的作品累積成《題畫詩》一卷。

她最喜歡給當時著名畫家馬遠的名畫題詩。凡御府收藏馬遠作品，多為她所題。而給馬遠的題畫詩，偶有情致纏綿之意。正因為此，她還被當時的人們猜測，或許她與馬遠有一段不為人知的故事，《書史會要》評：「馬遠畫多為其所題，語關情思，人或譏之。」

她曾給馬遠四幅畫梅圖分別題了一首詩，頗為清麗可喜。如《題馬遠畫梅・綠萼玉蝶》：

渾如冷蝶宿花房，擁抱檀心憶舊香，

開到寒梢尤可愛，此般必是漢宮妝。

綠萼便是綠萼梅，梅花中的一種珍稀品種。范成大《梅譜》中記載：「凡梅花，紨蒂皆絳紫色，唯此純綠。枝梗亦青，特為清高，好事者比之『九疑仙人萼綠華』。」范成大也很喜歡綠萼梅，曾有一詩便以「綠萼梅」為題：「朝罷東皇放玉鸞，霜羅薄袖綠裙單。貪看修竹忘歸路，不管人間日暮寒。」

這些題畫詩後面各有楊妹子之章，一小方印，落款也是嬌俏可人的「楊妹子」。因此有的典籍就直接記載她的名字為楊妹子。她的題畫詩，字跡清秀俊雅，如娟娟美秀的女子，迎風翩然而立，玉肌雪膚，笑顏宛然。

楊妹子給馬遠的四幅小景也各題一絕句云：

人道中秋明月好，欲邀同賞意如何？
華陽洞裡秋壇上，今夜清光此處多。

石楠葉落小池清，獨下平橋弄扇行。

倚日綠陰無覓處，不如歸去兩三聲。

清獻先生無一錢，故應琴鶴是家傳。
誰知然鼓無弦曲，時向珠宮舞幻仙。

雨洗東坡月色清，市人行盡野人行。
莫嫌犖确坡頭路，自愛鏗然曳杖聲。

《石渠寶岌．卷三十二》對揚妹子題畫詩有評論曰：「楊妹題辭與筆意俱雅絕，無韓擄妖冶態，其亦女史之良哉！」

楊妹子還有一首《訴衷情．題馬遠松院鳴琴》。這是一首「知音世所稀」的惆悵之作，幽靜之中又透出一縷清雅秀麗：

閑中一弄七弦琴，此曲少知音。多因淡然無味，不比鄭聲淫。
松院靜，竹樓深，夜沈沈。清風拂軫，明月當軒，誰會幽心。

楊妹子所鍾情的南宋著名畫家馬遠是一位十分有才氣的畫家，他不但在山水、花鳥畫上開創新風，而且在人物畫上也取得了很高的成就。馬遠早在青年時期就已經顯露出出眾的藝術才華，二十多歲時繪製的人物畫，就得到過宋高宗的御題，與李唐、劉松年、夏圭並稱「南宋四家」。

關於楊妹子的身份，向來撲朔迷離，有不同說法，有的說是宋寧宗楊皇后的妹妹。明代陶宗儀《書史會要》有記：「楊妹子，楊后之妹。書似寧宗。遠畫多其所題，語關情思，人或譏之。」清代孫承澤《庚子消夏錄》載：「馬遠，在畫院中最知名，余有紅梅一枝，蒨豔如生，楊妹子題一詩於上。按：楊妹子者，寧宗恭聖皇后之妹，書法類寧宗。凡御府馬遠畫，多令題之。」

楊妹子天資聰穎，才華橫溢，擅長繪畫。她不但爲人題畫，而且自己也善畫，繪畫藝術得到時人稱讚。《宋元以來畫人姓氏錄》載：「楊妹子，不知其名，寫《趙清獻公琴鶴圖》，不特琴聲入耳，而鶴舞之態得傳，清獻公之孤高，眞在九皋上也。」

也有說法說楊妹子就是楊皇后本人，元代人吳師道在《禮部集》題《仙山秋月圖》一詩自注云：「宮扇。馬遠畫。宋寧宗后楊氏題詩，自稱楊妹子。」啓功先生也偏向這一說，曾經發表了《談南宋院畫上題字的「楊妹子」》一文，指出楊妹子就是楊皇后。

不過這楊妹子到底是誰，至今還是個謎，這是中國畫史上一個美麗的秘密。

41.曉風乾，淚痕殘，欲箋心事，獨倚斜闌

唐琬

唐琬，字蕙仙。她的父親是鄭州通判唐閎，祖父是北宋末年鴻儒少卿唐翊。家學淵源深厚，自己也才華橫溢，詩書俱通。

她是南宋著名詩人陸游的第一任妻子。宋高宗紹興十四年（1144），二十歲的陸游和表妹唐琬結爲伴侶。兩人從小青梅竹馬，耳鬢廝磨，婚後「伉儷相得」，「琴瑟甚和」。

然而，唐琬與陸游的親密感情引起了陸母的不滿。陸母強迫陸游和她離婚。陸游和唐琬的感情很深，不願分離。他一次又一次地向母親懇求，都遭到了母親的責罵。迫於壓力，兩人不得不分開。

但陸游與唐琬都是難捨難分，於是陸游便瞞著母親，偷偷地在外面租了一間房子給唐琬居住，兩人常常在那裡相會，以爲這樣可換來暫時的相守。但不料被母親發現，母

親大發雷霆。陸游不得不依母親的心意，於紹興十八年（1148）與唐琬離婚，另娶王氏爲妻。唐琬也迫於父命嫁給同郡的趙士程。

紹興二十五年（1155）的春天，陸游滿懷憂鬱地獨自一人漫遊山陰城沈家花園。正當他獨坐飲酒之時，突然意外地在小園中看見了念念不忘的那個倩影。那美人娉娉婷婷地走近了，果然是唐琬，而她身邊卻站著另一個男子，她的丈夫趙士程。陸游猛然見到昔日的愛人，悲喜交集，而她身邊，已經有了他人。

唐琬見到陸游，心中也是萬般思緒。她難忘舊情，在徵得趙士程的同意後，給陸游送來一份酒肴。陸游看到唐琬這一舉動，體會到了她的深情，兩行熱淚淒然而下，一揚頭喝下了唐琬送來的這杯酒。昔日以爲攜手便是一生，卻不料錯身而過，便是一輩子。這些年來，他對她魂牽夢繞，從未忘懷。

陸游喝完酒後，內心無法平靜，他提筆疾書，在粉牆上奮筆題下《釵頭鳳》這首千古絕唱：

紅酥手，黃縢酒，滿城春色宮牆柳。東風惡，歡情薄，一懷愁緒，幾年離索。錯、錯、錯！

春如舊，人空瘦，淚痕紅浥鮫綃透。桃花落，閑池閣，山盟雖在，錦書難托。莫、莫、莫！

而不久後唐琬重游沈園，看到了陸游所題的詞。她含淚地站在那裡，靜靜看完這首《釵頭鳳》之後，再也無法控制自己的情緒，也提筆和了一首《釵頭鳳》詞：

世情薄，人情惡，雨送黃昏花易落。曉風乾，淚痕殘，欲箋心事，獨倚斜闌。難！難！難！

人成各，今非昨，病魂常似秋千索。角聲寒，夜闌珊，怕人尋問，嚥淚裝歡。瞞！瞞！瞞！

她自從與陸游離婚之後，就鬱鬱寡歡。在與陸游重遇之後，又再一次勾起她的回憶。然而她已經有了新的家庭，曾經的愛情只能埋在心靈的最深處，這讓她痛苦不堪，「嚥淚裝歡」。和了這首詞後，唐琬不久便憂鬱而死。

沈園一別後，陸游北上抗金，又轉川蜀任職，時光流轉，鬢髮蒼然，然而心中的情意卻沉澱得越發璀璨晶瑩。他六十三歲，「偶復來菊縫枕囊，淒然有感」，又寫下一首纏綿哀怨的詩：

採得黃花作枕囊，曲屏深幌悶幽香。
喚回四十三年夢，燈暗無人說斷腸！
少日曾題菊枕詩，囊編殘稿鎖蛛絲。
人間萬事消磨盡，只有清香似舊時！

那菊花枕上的清香，喚起了心中深埋四十三年的相思，無人能說，無人能懂，只能悄悄思量。就算時光盡逝，萬事皆休，但這菊花的清香會依然如故。因爲，心中對她的愛，永遠如昔。

在他六十七歲的時候，重游沈園，看到當年題《釵頭鳳》的半面破壁，想起唐琬，忍不住又揮筆寫下一詩：

楓葉初丹槲葉黃，河陽愁鬢怯新霜。

林亭感舊空回首，泉路憑誰說斷腸。
壞壁醉題塵漠漠，斷雲幽夢事茫茫，
年來妄念消除盡，回向蒲龕一炷香。

陸游七十五歲時，住在沈園的附近，而這時離唐琬逝世已經有四十年，「每入城，必登寺眺望，不能勝情」，於是陸游寫下絕句兩首，即《沈園》詩二首。

城上斜陽畫角哀，沈園非復舊池台。
傷心橋下春波綠，曾是驚鴻照影來。

夢斷香銷四十年，沈園柳老不吹綿。
此身行作稽山土，猶吊遺蹤一泫然。

同心而離居，憂傷以終老。七十五歲高齡，他仍然思念著她，爲她寫下詩句。在他的記憶裡，她仍是那個綠鬢如雲、明眸似水的輕盈少女，永遠不曾老去。

八十一歲，陸游又夢見沈園，醒來後不勝悲痛，提筆題詩：

路近城南已怕行，沈家園裡更傷情。
香穿客袖梅花在，綠蘸寺橋春水生。

城南小陌又逢春，只見梅花不見人。
玉骨久沉泉下土，墨痕猶鎖壁間塵。

陸游最喜梅花，寫了很多關於梅花的詩，有「一樹梅花一放翁」的詩句。而在這裡，清絕梅花還在，宛若當年的唐氏好女，而她已經杳無蹤跡。

陸游去逝前一年，他仍然念念不忘唐琬，再作了一首詩：

沈家園裡花如錦，半是當年識放翁。
也信美人終作土，不堪幽夢太匆匆！

寫這首時，陸游已經八十五歲了。唐琬在他的詩中成了永恆。

老來多健忘，唯不忘相思。即使紅顏彈指老，卻也無法忘卻剎那間驚豔一生的宛轉芳華。只是，可惜不是你，陪我到最後。只道眞情易寫，哪知怨句難工。水流雲散各西東。半廊花院月，一帽柳橋風。

42. 窗外有芭蕉，陣陣黃昏雨

陸游妾

南宋著名詩人陸游，有一次在一處驛站裡借宿。夜晚秋蟲輕輕鳴叫，窗外梧桐墜下金黃的落葉。陸游想起唐琬，想起多年未了的心事，心中哀戚，翻來覆去睡不著，於是披衣而起，於月下散步。

在淡淡的月光下，他忽然發現粉牆上不知是何人寫了一首詩在上面，字跡清秀雋麗：

玉階蟋蟀鬧清夜，金井梧桐辭故枝。
一枕淒涼眠不得，挑燈起作感秋詩。

陸游看後很是欣賞，因爲這首詩渾然天成，而詩中意境倒與自己的境遇亦有幾分相似，尤其那句「一枕淒涼眠不得」，這不就是自己的寫照嗎？而秋夜裡徘徊不盡的心事也簡直被一語道盡了。他突然有種強烈的衝動，很想結識一下這個寫詩的人。

於是，陸游耐著性子等到天明，便趕緊找來管理這個驛站的驛卒，問起寫詩的人來。不料驛卒的回答讓他大吃一驚。驛卒竟然說這詩是他女兒寫的。這樣偏僻的地方，會有這樣玲瓏剔透的女子？陸游聽後，急忙要驛卒找來了她的女兒。

一會兒，驛卒女兒來了。這文才不凡的女孩，長得也是清秀耐看。她乍見生人，很是羞澀，低頭不語，但一雙靈動的眸子，顯示出她的敏捷才思。陸游不由得心動，於是當即向驛卒求親，想納那女孩爲妾。

驛卒知道陸游是當世大才子，認爲也是女兒的良配，於是同意了。不久，陸游就把驛卒女帶回了家中。此時的陸游四十七歲，而驛卒女才二十歲出頭，正是綺年玉貌。陸游的妻子王氏，是陸游母親選定的第二任夫人，不通文墨，也不會詩詞，陸游和她並不和睦，陸游詩中也從未提及她。

陸游自從和唐琬分別之後，很少有紅顏知己能和他談詩論文，爲他紅袖添香。驛卒女性情溫婉，詩才敏捷，陸游對她很欣賞。他又漸漸找回了初戀的感覺，彷彿唐琬還未離去。

這時，王夫人受不了了，嫉妒在她心中滋長著，她在家中大吵大鬧，刻意爲難著驛卒女，要將她趕出家門。

陸游雖然身負大才，胸懷大志，但在家中卻是個懦弱之人，當初就是因爲懼怕母親，爲了保全孝子的名聲而休了唐琬，而這次，陸游同樣懼怕著妻子，並不敢出言阻止，就這麼眼睜睜地看著王夫人把驛卒女遣出了家門。

這時，驛卒女入陸家門僅半年時光。而這半年裡，她不知道受了多少委屈，流了多少淚。從唐琬到驛卒女，陸游始終不能守護自己心愛的女子。

驛卒女含淚離開了陸家，離開的時候，正是黃昏，雨打芭蕉，更增愁意。她痛苦地寫下了一首《生查子》：

只知眉上愁，不識愁來路。窗外有芭蕉，陣陣黄昏雨。

曉起理殘妝，整頓教愁去。不合畫春山，依舊留愁住。

43. 揉碎花箋，忍寫斷腸句

戴復古妻

戴復古是南宋詩人，自號石屏、石屏樵隱，天臺黃岩（今屬浙江省台州市）人，著有《石屏詩集》、《石屏詞》。他曾娶過一位情深義重又才華橫溢的妻子，但這位女子的名字並未流傳下來，史稱「戴復古妻」。

戴復古一生布衣，四處漫遊，曾經跟隨陸游學詩，在當時詩名卓著，「以詩鳴江湖間垂五十年」。當他流浪到江西武寧時，幾乎凍餓而死。幸好武寧有一位心地善良的富翁出手相救，給了他一些食物和水，他才得以存活。富翁跟他交談之後，發現他飽讀詩書，才華橫溢。正因爲欣賞他的才華，憐惜他的遭遇，富翁把女兒嫁給了他。

戴復古其實早已娶妻，但見富翁殷勤，少女美貌，很是心動，便隱瞞不說，兩人就此拜堂成親。成婚之後，妻子對戴復古百般體貼。她也是一位精通文墨的女子，欽佩丈夫的才華，二人詩歌唱和，彼此欽佩，感情越來越深。

過了三年，戴復古起了思鄉之情，一定要返回家鄉。他的妻子想跟隨他去，他卻吞吞吐吐。於是，在妻子的追問下，戴復古終於道出自己在家鄉結過婚的事實。

戴復古妻如遭雷擊，流著淚把這件事告訴了自己的父親。父親大怒。他好心救了戴復古一命，戴復古不但不感恩，還以隱瞞欺騙的手段毀掉了他女兒一生的幸福，他打算去報官。按照《宋刑統．卷十三》規定，重婚男子是要判刑的，「諸有妻更娶妻者，徒一年」，「若欺妄而娶者，徒一年半」。戴復古屬於欺瞞重婚罪，判刑應在一年半左右。但戴復古妻又心疼丈夫，婉言勸解了父親。父親知道女兒的心思，唯有歎息而已。因爲她的仁慈，使得戴復古免受法律制裁。

她深愛戴復古，不忍和他分手，但也不想強行留住他，於是把自己的嫁妝全部送給了丈夫，希望丈夫能念著夫妻之情良心發現。但戴復古卻坦然受之，攜帶這些財物飄然而去。

臨別時，戴復古妻見戴復古絕情寡義，不由得柔腸寸斷。她寫下了一首《祝英台近》贈給了他：

惜多才，憐薄命，無計可留汝。揉碎花箋，忍寫斷腸句。道旁楊柳依依，千絲萬縷，抵不住、一分愁緒。
　如何訴。便教緣盡今生，此身已輕許。捉月盟言，不是夢中語。後回君若重來，不相忘處，把杯酒、澆奴墳土。

這首詞裡，字字血淚。她對戴復古鍾情，愛他「多才」，卻又恨自己薄命。曾經的海誓山盟早已隨風而去，兩人緣分已盡，而她也決意赴死。末了囑咐夫君，若他再度回來，只盼他能在自己墳前澆上一杯薄酒。雖然戴復古忘恩薄幸，但他的妻子竟然只把一切歸罪於命運，一味自怨自艾，對薄情郎並無怨懟，仍然一往情深。

這首詞，實質上是戴復古妻的絕命書。但戴復古仍然不顧妻子死活，絕情而去。他一走，他的妻子便投水而死。

戴復古妻死去十年之後，戴復古終於思念起那個對他一往情深的苦命女子，於是重遊武寧舊地，物是人非，他頗有感慨，寫下了《木蘭花慢》：

　鶯啼啼不盡，任燕語、語難通。這一點閒愁，十年不斷，惱亂春風。重來故人不見，但依然、楊柳小樓東。記得同題粉壁，而今壁破無蹤。

蘭皋新漲綠溶溶，流恨落花紅。念著破春衫，當時送別，燈下裁縫。相思謾然自苦，算雲煙、過眼總成空。落日楚天無際，憑欄目送飛鴻。

他雖然還念著妻子，但並未像妻子一樣鍾情至深，而且也沒有因爲妻子的死而有任何內疚，受到任何良心的譴責。十年之後，她只是成了他的「一點閒愁」，過眼雲煙。而這位文采斐然的女子，只留下了一首詞傳世，連名字也沒有留下來。

這個故事見載於明代文學家楊愼的《詞品》。楊愼對戴復古妻十分同情，對戴復古這種始亂終棄的行爲表示了嚴厲的譴責：「嗚呼，石屛可謂不仁不義之甚矣。既誑良人女爲妻，三年興盡而棄之，又受其奩具而甘視其死。俗有謔詞云：『孫飛虎好色，柳盜蹠貪財，這賊牛兩般都愛。』石屛之謂歟？」

44. 山之高，月出小。月之小，何皎皎

張玉娘

張玉娘，字若瓊，自號一貞居士，處州（今浙江省麗水市）人。她生於仕宦家庭，曾祖父是淳熙八年（1181）進士。母親劉氏近五十歲時才生下她，對她愛若性命。她自幼飽讀詩書，敏慧絕倫，詩詞尤得風人體，時人用班昭來比她。

少女時代，張玉娘的生活是輕鬆自在的，她有兩個丫鬟，一個叫紫娥，一個叫霜娥，都有才色。她又養有一隻鸚鵡，善學舌，知人意，因此號爲「閨房三清」。她曾作下一首《遊春》，描寫春日裡少女們相約踏春時的無憂之樂：

護檻花濃夢欲攲，五更清露鎖寒扉。
明朝恐負尋芳約，拂曉平瞻霽影依。
貼翠自憐羞舞鏡，送春無奈聽啼規。

金蓮破蘚留芳跡，梨萼翻風作雪飛。
沙上晴鳧窺淺渚，松邊黃蝶繞疏籬。
催吟片雨雲俱黑，狂絮欺人故點衣。
心事肯隨流水盡，新愁不與酒尊宜。
青梅已結梢頭實，驛使難傳隴外枝。
……

十五歲時，張玉娘便和與她同庚的書生沈佺訂婚。沈佺也出身書香門第，是宋徽宗時狀元沈晦的七世孫。沈、張兩家有中表之親，張玉娘和沈佺又是青梅竹馬，感情很好。訂婚後，兩人詩詞吟答，互敬互愛。

張玉娘曾親手做了一個精緻的香囊，並在香囊上繡了一首《紫香囊》詩，送給沈佺。詩云：

珍重天孫剪紫霞，沉香羞認舊繁華。
紉蘭獨抱靈均操，不帶春風兒女花。

深情繾綣，自不待言。如此琴瑟和鳴，本是快活甜蜜的生活。但是後來沈家日趨衰落，沈佺又一心在詩詞上，無意仕途。張玉娘的父親說：「欲爲佳婿，必待乘龍。」父親想要悔婚，爲女兒另外選擇一位佳婿。

張玉娘知道父親的心思，心中難過不已，對父親表明了自己的反對之意，並寫下《雙燕離》：

白楊花發春正美，黃鵠簾低垂。
燕子雙去復雙來，將雛成舊壘。
秋風忽夜起，相呼渡江水。
風高江浪危，折散東西飛。
紅逕紫陌芳情斷，朱户瓊窗侶夢違。
憔悴衛佳人，年年愁獨歸。

她還寫下一首《白雪曲》，以清絕白雪喻自己心志的堅貞：

簾白明窗雪，負急寒威冽。
欲起理冰統，髮凝指尖折。
霜韓眠不穩，愁重腸千結。
聞看臘梅梢，埋沒清塵絕。

張玉娘與沈佺自小相識，他是她的初戀，也是她唯一的愛，她只想著和沈佺在一起，情根深種，根本再也無法接受他人。但父母對沈佺如此不滿，她唯一能做的，就是鼓勵沈佺用心攻讀，待到金榜題名時，能徵得父親的同意來娶她。

沈佺爲了張玉娘，發憤苦讀。他本來就是個很有才華的人，加上刻苦用功，果然取得了極出色的成績。南宋咸淳七年（1271），沈佺進京趕考，他的才思驚動了整個京城，一時傳爲佳話。

據說，在面試時，主考官問得沈佺是松陽人士，恰好這位主考曾經到過松陽，便出了個上聯「筏鋪鋪筏下橫堰」，沈佺應聲而答：「水車車水上寮山」。對句精巧工整，上聯的「橫堰」和沈佺對的「寮山」都是松陽的地名。眾人驚歎不已。榜單出來，沈佺中了榜眼。

在家鄉，玉娘思念心上人，每日都是望斷秋水，柔腸寸斷。在此期間，她作下了詩《山之高》三章：

山之高，月出小。
月之小，何皎皎！
我有所思在遠道。
一日不見兮，我心悄悄。
采苦采苦，於山之南。
忡忡憂心，其何以堪。
汝心金石堅，我操冰雪潔。
凝結百歲盟，忽成一朝別。
朝雲暮雨心來去，千里相思共明月。

《山之高》的藝術成就很高，委婉纏綿，清新如洗，語出天然，被元代詩文家虞伯生認爲有詩三百（即《詩經》）之遺風：「可與《國風・草蟲》併稱，豈婦人女子之所能及耶！」

可惜的是，正是在趕考的路途上，沈佺不幸感染了寒疾，回家之後病勢轉重，不久便去逝了，年僅二十二歲。

沈佺死後，張玉娘痛不欲生，發誓終身不嫁，爲沈佺守節，並作了一首詩表明心意：「中路憐長別，無因復見聞。願將今日意，化作陽臺雲。」父母要替張玉娘另配佳偶，張玉娘堅決拒絕，並說，如果不是因爲雙親還在的話，她早就跟隨沈佺而去了。

這樣，六年的時光緩緩滑過。景炎二年（1277）元宵節晚，張玉娘父母出去看燈，張玉娘無心出去，只是獨自一人坐在燈下發呆，默默思念沈佺。忽然燈影晃動，玉娘依稀看見沈佺正微笑著站在她面前，英俊溫柔一如從前。她又驚又喜，忙對他說：「沈郎爲何離我而去？」他的影子便忽然消逝了。張玉娘悲痛欲絕，從此得病不起。她這些年受盡了相思煎熬，已經熬到了油盡燈枯。半月後張玉娘便鬱鬱而終，年僅二十八歲。

張玉娘的父母痛失愛女，終於明白了女兒的心思，也被女兒的深情所感動。在徵得沈家同意後，張玉娘的父母將張玉娘與沈佺合葬於西郊楓林之地。

一個月後，與她朝夕相處的侍女霜娥悲痛而死，另一名侍女紫娥也自殺身亡，追隨張玉娘而去。玉娘生前蓄養的鸚鵡也「悲鳴而降」，摔死在張玉娘的墳前。張家便把這「閨房三清」陪葬在沈佺、張玉娘的墓左右，這便是歷史上有名的「鸚鵡塚」。

張玉娘生前不幸，無法和愛人相守，飽受相思之苦的煎熬，鬱鬱一生，最後殉情而死，而她死後也是不幸的，她所著的《蘭雪集》兩卷，共有詩一百一十七首、詞十六闋，雖然滿紙芳華，卻也長期默默無聞，「歷三百年後顯於世」。直到明代成化、弘治年間，邑人王昭爲張玉娘作傳表彰，她的事蹟始顯於世。

清代順治年間（1644—1661），著名劇作家孟稱舜任松陽教諭時，聽聞了張玉娘的事蹟，十分感動，更爲她詩詞中所展現出來的才氣所折服，於是發動鄉紳爲張玉娘修墓擴祠，刊印《蘭雪集》，並爲她創作了傳奇劇本《張玉娘閨房三清鸚鵡墓貞文記》。這使得張玉娘的故事得以流傳，還曾遠傳到海外。

45. 若是前生未有緣，待重結、來生願

樂婉

樂婉，生卒年不詳，爲宋代杭州妓。她生得美貌，又有詩才，爲當時一位姓施的酒監所悅。

這段感情對於樂婉來說非常重要，她幾乎是全身心投入，既享受戀愛的甜蜜，也承擔相思的煎熬。她心中也非常明白，施酒監不過是逢場作戲而已。他只是把她當作了萍水相逢的一時豔遇。爲此，她心中十分痛苦。但在施酒監面前，樂婉仍然巧笑倩兮，不露聲色。

離別的一刻終於到來。施酒監臨行前作了一首《卜算子》送給了樂婉：

相逢情便深，恨不相逢早。識盡千千萬萬人，終不似、伊家好。

別你登長道，轉更添煩惱。樓外朱樓獨倚欄，滿目圍芳草。

從這首詞裡可以看出，施酒監對樂婉也是頗有情意，歎息相見恨晚，他雖然見過千萬女子，卻覺得她們之中沒有一個比得上樂婉的。只是他對她的這情意並未到願意和她長相廝守的程度。但到了離別之時，他心中也有不捨。在詞末，他想像著她獨自在小樓上憑欄遠眺，遙遙望著遠去的人，然而只有滿目芳草萋萋。他懂她的思念與憂傷，可謂是刻畫得相當細膩了。

樂婉含淚和了一首詞，即傳世的《卜算子・答施》：

相思似海深，舊事如天遠。淚滴千千萬萬行，更使人、愁腸斷。
要見無因見，拚了終難拚。若是前生未有緣，待重結、來生願。

這首詞寫得淺近清遠，幽怨纏綿，感人至深，並沒有用到多少作詞技巧，藝術感染力卻遠遠在施酒監的詞作之上，因此，這首詞流傳千古，而施酒監所作的詞知道的人卻寥寥無幾。

詞中，她訴說著對他的相思，如同海一般的深沉，兩人相戀的種種往事，此刻想來，卻十分的遙遠。即將別離，她忽然覺得身邊的情郎變得陌生起來，有咫尺天涯之感。爲此，她不知道流了多少淚，柔腸寸斷。此次分離之後，再想見面也沒有因緣可見，但是要對這段愛情死了心，卻又無法做到。如果是前生無緣，今生無分，那麼就把希望寄託在來生吧，希望來生能和心上人雙宿雙棲，終成眷屬。

樂婉的故事後來如何，典籍裡並沒有記載。她存世之詞就只留下了這麼一首。

46. 望斷斜陽人不見，滿袖啼紅

幼卿

幼卿，是宋徽宗宣和年間（1119—1125）的一位民間女子，善詩詞，現有一首詞傳世。

幼卿小時候經常和自己的表兄同窗共讀。兩人都非常熱愛詩詞，彼此對於詩詞的觀念也很契合。幼卿生得嫋嫋婷婷，表哥也是玉樹臨風，兩人對彼此都萌生了情意。

與幼卿商定之後，表兄便向幼卿父母求婚。幼卿的父親嫌棄他家中貧寒，便以他還沒有取得功名為理由，拒絕了這個請求，並很快將幼卿嫁給了他人。

幼卿心裡一直深愛表兄，對父母的這個決定感到十分的痛苦，一直到嫁過去的那天，她心中仍然鬱鬱不樂，愁眉難展。但是在「父母之命、媒妁之言」下，她又無法擺脫父母的安排。

表兄對幼卿另嫁他人感到極其不滿，同時內心深處也很是痛苦。對於兩情相悅的年輕人來說，沒有什麼比這更殘酷了。同心而離居，憂傷以終老。他唯有將痛苦和憂思暫且全部壓下，更加用功讀書，決心一定要金榜題名，讓輕視他的幼卿父母後悔他們的選擇。

皇天不負有心人，第二年，刻苦攻讀的表兄果然高中進士，終於揚眉吐氣了一番。只是，他再也無法挽回跟幼卿的婚姻。因此，這喜悅畢竟是打了折扣的。他歡喜過後，又是無盡的黯然。

表兄後來被派到洮房當官，而此時幼卿的丈夫在陝右附近帶兵。無巧不成書，這日，幼卿跟著丈夫外出，恰好遇到了表兄。

他們三人偶然遇到，幼卿和表兄四目相對，心中都是無限感慨。幼卿心中有千言萬語要向表兄訴說，但她還沒有開口，就看到了表兄臉上眼中的冷漠，所有話語都停在了嘴邊。

原來表兄對幼卿另嫁他人一直耿耿於懷，他固然憤恨幼卿的父母，但是對意志不堅定的幼卿也是怒其不爭。見她的目光投來，表兄渾若無事，策馬向前，就當沒有看見她一樣。兩人擦肩而過的瞬間，幼卿的淚悄然墜下。表兄卻並未見到。

幼卿轉過身來，回望表兄，直到他的身影漸漸沒入斜陽的餘暉之中，終於消失不見。

昔日戀人，今成陌路，幼卿傷心欲絕，寫下了這篇《浪淘沙》，記下了與表兄重遇時的場景與心情，抒發自己的哀愁與幽怨之情，感情眞摯，不落窠臼：

目送楚雲空，前事無蹤。漫留遺恨鎖眉峰。自是荷花開較晚，孤負東風。

客館歎飄蓬，聚散匆匆。揚鞭那忍驟花驄。望斷斜陽人不見，滿袖啼紅。

47. 不是愛風塵，似被前緣誤

嚴蕊

嚴蕊，原姓周，字幼芳，生卒年不詳，南宋中期女詞人。她出身低微，自小習樂禮詩書，後淪爲台州營妓，藝名爲「嚴蕊」。嚴蕊善琴棋歌舞、絲竹書畫，色藝冠一時。而她又博覽群書，通曉古今，所作詩詞語意清新，四方聞名，有人甚至不遠千里慕名相訪。

此時嚴蕊所在的台州之太守乃是唐與正，字仲友，少年高才。唐與正賞識嚴蕊，曾有一次令嚴蕊侍酒，並命她賦紅白桃花詩。嚴蕊一揮而就，一首清雅別致的《如夢令》便呈了上來：

道是梨花不是，道是杏花不是。白白與紅紅，別是東風情味。曾記，曾記，人在武陵微醉。

此詞所詠的紅白桃花是桃花的一種，明代李時珍《本草綱目》記載：「桃品甚多……其花有紅、紫、白、千葉、二色之殊。」紅白桃花，就是同樹花分二色的桃花。北宋邵雍有《二色桃》詩：「施朱施粉色俱好，傾城傾國豔不同。疑是蕊宮雙姊妹，一時攜手嫁東風。」

唐與正對此詞很是稱讚，更加賞識她的才華，並賜給她兩匹縑帛。

某年七夕，郡齋開宴，有豪士謝元卿在座。他也是久聞嚴蕊大名，於是命她即席賦詞，要求以自己的姓爲韻。酒方端上，嚴蕊不假思索，即作成一首《鵲橋仙》：

碧梧初出，桂花才吐，池上水花微謝。穿針人在合歡樓，正月露、玉盤高瀉。
蛛忙鵲懶，耕慵織倦，空做古今佳話。人間剛道隔年期，指天上、方才隔夜。

謝元卿不由得折服，不覺躍然而起道：「詞既新奇，調又適景，且才思敏捷，眞天上人也！」謝元卿在嚴蕊處住了半年，傾囊相贈，方才歸去。

南宋淳熙九年（1182），台州知府唐仲友爲嚴蕊落籍。嚴蕊回黃岩與母親同住，以爲自己可以過平凡人的清靜生活了，卻沒想到，自己又被捲入了政治鬥爭中。

同年，浙東常平使朱熹巡行台州，因唐仲友的永康學派反對朱熹的理學，朱熹連上六疏彈劾唐仲友，其中第三、第四狀論及唐與嚴蕊風化之罪，下令黃岩通判抓捕嚴蕊，將其關押在台州和紹興，施以鞭笞，逼其招供。兩月之間，一再杖打她。嚴蕊深受折磨，被打得死去活來。但她認爲自己曾經受了唐太守的知遇之恩，寧死不肯誣陷他，並道：「身爲賤妓，縱合與太守有濫，科亦不至死；然是非眞僞，豈可妄言，以汙士大夫，雖死不可誣也。」

此事朝野議論，震動宋孝宗。孝宗認爲這是「秀才爭閒氣」，將朱熹調任，轉由岳飛後人岳霖任提點刑獄。岳霖知道嚴蕊無罪，也不忍她再在獄中無辜受苦，於是判令從良，將她釋放。

嚴蕊臨行前，岳霖問其歸宿。嚴蕊便作下一首《卜算子．不是愛風塵》作爲告別：

不是愛風塵，似被前緣誤。花落花開自有時，總賴東君主。

去也終須去，住也如何住！若得山花插滿頭，莫問奴歸處。

在詞裡，她闡明自己雖然淪落風塵，但並不是出自本意，更不是生性喜好，只不過是因爲前生的因緣（即所謂宿命），無可奈何罷了。花落花開自有其機緣，一切都只能憑司春之神東君來做主。正如她這樣孤苦無依的風塵女子的命運，也只能憑地方官做主一般。該離開終須還是要離開了，待在這裡如何能待下去呢？如果能把山花插滿頭，過上鄉野之中的自由日子，就不需要問她要歸向何處了。詞中之意不卑不亢，蘊含著對自己不公命運的不滿，也滿懷對自由美好生活的憧憬與嚮往。

嚴蕊後來被趙宋宗室納爲妾，總算有了一個安穩的容身之處。以當時的社會環境來說，她也算是結局不壞了。

她的詞作多佚，僅存《如夢令》、《鵲橋仙》、《卜算子》三首。據此改編的戲劇《莫問奴歸處》，久演不衰。

48. 別離情緒，萬里關山如底數

蘇小娟

蘇小娟，南宋著名歌妓，亦作蘇小小，錢塘（今杭州）人，俊麗工詩，後嫁襄陽趙院判。

蘇小娟有個姐姐盼奴，也是才貌雙全，她與太學生趙不敏相好，兩人相互傾心。趙不敏家境貧寒，盼奴供給他全部的生活學習費用，直到他太學畢業。趙不敏刻苦攻讀，終於考取了進士，分配到襄陽府任司戶官。

因爲盼奴是官妓，難得脫籍從良，不能與趙不敏結婚，兩人因此許久分隔兩地，雙雙飽受相思之苦。趙不敏思念盼奴，終於相思成疾，上任三年便病逝了。臨死前，趙不敏囑咐弟弟趙院判，把自己的一些財產送給盼奴，並對弟弟說，盼奴有個妹妹，俊雅能吟，可以向她求婚，必定可以成就一對佳偶。

趙院判遵照哥哥的囑咐來到錢塘去尋找蘇小娟姐妹，結果打聽到蘇盼奴已經於一個月前去逝，而蘇小娟因為盼奴的案子受牽連被關押在牢房裡。趙院判大驚，趕緊去瞭解詳細的情況。

原來，是當時有個官員挪用官絹嫖娼，被人告發，牽連到了盼奴，又連累了蘇小娟。在公堂上，通判給她看了趙不敏弟弟寫給她的一首表露心跡的詩：

開初名妓鎮東吳，不好黃金只好書。
借問錢塘蘇小小，風流還似大蘇無？

蘇小娟見詩之後，心中便明鏡一般了。趙院判贊她「不好黃金只好書」，也頗合她心意。但後面兩句就有些輕浮了，意思是問她文才風流，和她姐姐相比如何呢？

通判就對蘇小娟說，如果你能當即和他一首詩的話，就宣佈你無罪，不然就立刻償還官絹。蘇小娟無奈，當即寫下一首和詩，擲筆而起：

君住襄陽妾住吳，絕情人寄無情書。
當年若也來相訪，還有於潛絹也無？

這首詩寫得甚爲潑辣。兩人一在襄陽，一在錢塘，多日不理，可謂絕情，還寫下這麼一首無情之詩。如果早日來相訪的話，就不存在官絹的冤案了。

通判看了，甚是信服，馬上無罪釋放了她，還幫她落籍從良。蘇小娟倚賴自身的聰明睿智，贏得了官司，更迎來了一場幸福的愛情。趙院判見到詩後，心中有愧，又佩服她的文才，於是迎娶了她，並把趙不敏留給盼奴的財產也給了她。最終，她和趙院判白頭偕老。

蘇小娟和趙院判結婚之後，兩人情投意合，感情很好。蘇小娟後來寫有《減字木蘭花》，訴說她對趙院判的相思之情：

別離情緒，萬里關山如底數。遣妾傷悲，未心郎家知不知。
打從君去，數盡殘冬春又暮。音問全乖，等到花開不見來。

49. 傳語東君，早與梅花作主人

馬瓊瓊

馬瓊瓊，為南宋時杭州名妓，多才藝，善詩詞，因細心經營，苦心積累，於是頗有積蓄。自從淪落風塵之後，她無時無刻不在尋找機會嫁人，脫離那個暗無天日的地方。但是可惜的是，她一直沒有遇到中意的男子。馬瓊瓊並不灰心，堅持尋找著，直到遇到了在太學讀書的青年書生朱端朝。

朱端朝和馬瓊瓊來往漸多，彼此感情也漸漸加深。朱端朝文華富贍，但家庭貧困。馬瓊瓊讀了他的文章，並不嫌棄他家貧，還認為他日後必有一番作為，對他傾心不已。於是馬瓊瓊慷慨解囊，提供他學習生活的各種費用。朱端朝得以安心學習，刻苦攻讀。

馬瓊瓊幾次對朱端朝說起，希望兩人的關係並不僅限於情人身份。她大膽吐露心事，以終身為托。朱端朝是個懂得感恩的人，為了安慰馬瓊瓊，答應要娶她過門。但他嘴上雖然答應，心中卻還遲疑，倒也不是他生性薄涼，而是因為家中有一位嚴妻，他擔憂妻子不會允許他納妾。

後來朱端朝參加秋試果然高中，捷報傳來，馬瓊瓊歡喜不已。朱端朝愈發努力，繼續參加省試，又中優等，後來參加廷試，因爲言辭過激，遂置下甲，授官南昌縣尉。從此，朱端朝便脫離平民身份，正式走上仕途。

馬瓊瓊知道他就快要離開她去上任，心中難過，擔心他會一去不返，永無相見之日，於是懇切地對朱端朝說：「妾風塵卑賤，荷君不棄。今幸榮登仕版，行將雲泥隔絕，無復奉承枕席。妾之一身，終淪溺矣！誠可憐憫！欲望君與謀脫籍，永執箕帚。雖君內政謹嚴，妾當委曲遵奉，無敢唐突。萬一脫此業緣，受賜於君，實非淺淺。且妾之箱篋稍充，若與力圖，去籍猶不甚難。」

朱端朝曰：「去籍之謀固易，但恐不能使家人無妒。吾計之亦久矣。盛意既濃，沮之則近無情，從之則虞有辱，奈何！然既出汝心，當徐爲調護，使其柔順，庶得相安，否則計無所措也。」馬瓊瓊同意了。

朱端朝回到家中，按照與馬瓊瓊的約定，把她的事情告訴了妻子，並說馬瓊瓊一直在資助他上學，希望有朝一日能回報她，幫她脫離樂籍，免受風塵之苦。妻子見他說得堅決，料想難以阻止，便說：「君意既決，亦復何辭。」朱端朝大喜，給馬瓊瓊寫信說：「初畏不從，吾試叩之，乃忻然相許。」

朱端朝於是托人使得馬瓊瓊脫離了樂籍成爲自由人，並把她接回了家中。馬瓊瓊剛到朱家之時，朱妻對她也還客氣，妻妾怡然。她把自己的積蓄全部給了朱端朝，朱端朝因此家室比以前富有了。他便修了兩座閣樓，以東、西命名，妻子住在東閣，馬瓊瓊處於西閣。

朱端朝在家住了一陣子，不久假期已滿，要去赴任了。因爲路途遙遠，俸祿微薄，朱端朝便不打算攜帶家眷同往，一個人去赴任了。臨行之前，妻妾置酒相別，朱端朝對妻子和馬瓊瓊說：「凡有家信，二閣合書一緘，吾復亦如之。」

朱端朝到了南昌之後，半年才得到家人消息，只有東閣妻子的一封書信。朱端朝並沒有把這事情放在心上。但是過了很長時間了，西閣馬瓊瓊的書信卻始終不見。朱端朝心中疑惑，便寫信索要馬瓊瓊的書信。原來馬瓊瓊在家中頗遭朱妻妒嫉，她的信到不了朱端朝手中。馬瓊瓊於是瞞著朱妻，秘密派遣了一位僕人，給了他豐厚報酬，讓他帶一個物件給朱端朝，並囑咐說：「勿令孺人知之。」

物件到了南昌，朱端朝連忙開閱，不見一字，只見到一把梅雪扇面。朱朝端不明其意，但見畫筆清麗，於是反復觀玩，結果發現扇面後寫了一首《減字木蘭花》：

雪梅妒色，雪把梅花相抑勒。梅性溫柔，雪壓梅花怎起頭？
芳心欲破，全仗東君來作主。傳語東君，早與梅花作主人。

在這首詞裡，馬瓊瓊向丈夫訴說了自己書信不見的原因，便是朱妻嫉妒。朱妻如同冬雪，而自己如同寒梅，寒梅秉性溫柔，大雪壓頭怎抵擋得住？她希望丈夫能夠如同司春之神東君一般早日來解救自己。

朱端朝自是坐臥不安，日夜思念馬瓊瓊。他想著自己能夠做官，都是依賴瓊瓊的資助之力，做人不可忘本。於是，他深思熟慮過後，便托患疾尋醫之名，棄官而歸。

到了家中，妻妾出迎。朱妻深怪丈夫貿然回家，不顧前途。朱朝端設酒與妻妾共飲，言曰：「吾羈縻千里，所望家人和順，使我少安。昨見西閣所寄梅扇詞，讀之使人不遑寢食，吾安得不歸哉！」妻子說：「君今已仕，試與判此孰是。」朱端朝便道：「此非口舌可盡，可取紙筆書之。」於是作《浣溪沙》一闋云：

梅正開時雪正狂，兩般幽韻孰優長？且宜持酒細端詳。

梅比雪花輸一白，雪如梅蕊少些香，無公非是不思量。

自後二閣歡會如初，而朱端朝也不再回去當官了。

50. 桃紅李白皆粗鄙，爭似冰肌瑩眼明

楚娘

宋代有一位名妓名叫楚娘。楚娘生得姿容秀麗，又詩才出眾，她自己也很得意，常常以姿學自負。

她曾作有一首《遊春》詩：

破曉尋春緩轡行，滿城桃李鬥芳英。
桃紅李白皆粗鄙，爭似冰肌瑩眼明？

詩中寫的是春意盎然之時，她騎著馬兒在城中緩緩而行，滿城的桃花、李花都開了，爭芳鬥豔。但是在她看來，嫣紅的桃花和雪白的梨花皆是粗鄙不已，怎比得上她的冰肌玉骨、秋水明眸呢？

她還作有一首《桂花》詩：

丹桂迎風蓓蕾開，摘來斜插竟相偎。
清香不與群芳併，仙種原從月裡來。

這首詩中，楚娘以桂花自比。桂花有天香之稱，她便說桂花香氣壓倒群芳，並不屑於與百花相比，因爲它是從月宮裡來的，是瑤池仙品，怎麼會跟庸脂俗粉同列呢？從這兩首詩裡可以看出，楚娘自視甚高。她才貌雙全，出類拔萃，因而驕傲自信，並不像一般女子一樣因淪落風塵而自暴自棄、自怨自艾。她自己也爲這幾首詩而得意，常常出示《遊春》、《桂花》這兩首詩誇耀於人。容貌與才學給了她強大的心靈支撐，也吸引了不少士人才子慕名來訪。

宋代女子已經開始有相當的女性意識，爲自己的才華或者美貌而驕傲了。與楚娘相類似的，宋代還有位不知姓名的女子，人們稱她爲浣花女。她曾作過一首毫不謙遜、自負美貌的《潭畔芙蓉》：

芙蓉花發滿江紅，盡道芙蓉勝妾容。
昨日妾從堤上過，如何人不看芙蓉。

楚娘豔名遠揚。後有來自三山地區的林茂叔在建昌做官，對楚娘很是欣賞愛慕。楚娘對他也頗有好感，於是二人開始來往。一來二去，楚娘和林茂叔便私訂了終身。後來，林茂叔將楚娘帶回家中，納她爲妾。

林茂叔的妻子姓李，李氏對這個從天而降、貌美如花的侍妾非常不滿，對她沒有好臉色。楚娘於是題詩於壁曰：

去年梅雪天，千里人追遠。
今年梅雪天，千里人追怨。
鐵石作心腸，鐵石則猶軟。
江海比君恩，江海深猶淺。

李氏見到楚娘的詞，自我寬慰道：「人非木石，胡不能容？」於是與楚娘融洽相處。

51. 蜂兮蝶兮何不來？空使雕闌對寒月

盈盈

盈盈，吳（今江蘇省蘇州市）妓，容貌冶豔，能詩詞，善歌舞，尤其工於彈箏。當時風流少年爭相登其門，不惜金帛也要見盈盈一面。

盈盈自己卻另有打算。她品性高潔，厭倦青樓的生活，並不想長久淪落風塵，而是想在這些少年之中選擇一位做自己的夫君，因此十分慎重。可惜眾少年不是舉止輕浮，就是肚中草莽，其中並沒有一個她所眞正中意的。

盈盈並不灰心，她靜靜等待著。果然，她等到了一位男子。

有一名魏（今屬河北省）人王山，擅長作詩，韻律清新。因省試未及第，他就前往東海（今屬江蘇省）遊玩。就在當地的一場宴會上，王山邂逅了時年才十六的吳女盈盈。盈盈風姿綽約，王山一見鍾情。兩人相談甚歡，盈盈確信他就是自己要找的人。於是宴會結束之後，兩人就開始同居。

兩人感情融洽，如一對眞正的小夫妻一般相處，盈盈也視王山爲自己的夫君。但畢竟兩人並未眞正結婚，這也成爲了盈盈的一塊心病。她希望王山能儘快娶她。幾個月過後，王山要辭別盈盈回家去了。盈盈垂泣悲啼，不能自已。第二年，盈盈寄了一首《傷春曲》給王山，其詞云：

芳菲時節，花壓枝折。蜂蝶撩亂，闌檻光發。
一旦碎花魂，葬花骨，蜂兮蝶兮何不來？空使雕闌對寒月。

她希望王山能早日來接她過門，於是在詩中暗示、呼喚，希望他「花開堪折直須折，莫待無花空摘枝」，莫錯過了她的花期。

王山讀了之後，明白了盈盈的心意，於是回覆了她一首長詩。在詩中，王山詳細地記錄了兩人相遇、相識及相愛的經歷，詩中盛讚盈盈的才貌，滿是對盈盈的愛慕與思念。

盈盈讀到王山的詩之後，芳心安慰，又寫了一首《寄王山》：

枝上差差綠，林間簌簌紅。
已歎芳菲盡，安能樽俎空。
君不見銅駝茂草長安東，金玉鑣勒雪花驄。
二十年前是合資少，累累昨日成衰翁。
幾時滿飲流霞鍾，共君倒載夕陽中。

王山收到盈盈的詩，想帶她一起去遊東山（今屬福建省），便給她寫信表明心意。可是第二年初夏時王山得了病，沒能去赴約。

盈盈自王山離去之後，日夜思念，常常醉臥不起。後來盈盈根據約定到了東山，王山卻因患病無法赴約。盈盈憂思成疾，不久病逝。秋天時王山的病終於好了，當他趕到約定地點的時候，卻得知盈盈已經死了。王山傷感不已，作詩憑弔說：

香魄已飛天上去，鳳簫猶似月中聞。
縱然卻入襄王夢，會向陽臺憶使君。

52.從今後，斷魂千里，夜夜岳陽樓

徐君寶妻

徐君寶妻，南宋末年岳州（今湖南省岳陽市）人，典籍裡並沒有留下她的姓名。

南宋恭帝元年（1275）四月，元將阿里海涯攻入湖南岳州。第二年二月，整個湖南淪陷。接著，南宋京城臨安失陷。兵荒馬亂之中，岳州人徐君寶不幸死於敵手，他的妻子被元兵所掠，自岳州押解到杭州，拘留在南宋初年抗金名將韓世忠的故居中。

徐君寶妻秉性剛烈，貌美多才。從被俘開始，元兵的主帥就對她虎視眈眈、垂涎欲滴，在從岳州到杭州數千里的押解路途上，有好幾次想欺辱她，但每一次都被她用巧計脫身。元帥大怒，想殺了她，但見她容貌絕美，風致楚楚，便一度忍了下來。但徐君寶妻心中如明鏡一般，很清楚自己的處境，知道自己就算躲得了一時，也躲不了一世，便做好了以身赴死的準備。

當元兵主帥終於按捺不住，再次企圖施行強暴行爲的時候，她從容不迫地說：「俟妾祭先夫，然後君婦不遲也，君奚用怒哉？」元兵主帥聽到她答應祭祀丈夫之後再遂自己意願，於是轉怒爲喜，應允了她的要求。

她嚴妝而出，焚香禱告，再拜默祝，向著南方岳州的方向飲泣良久。最後，她揮筆在壁上題寫《滿庭芳》詞一首：

漢上繁華，江南人物，尚遺宣政風流。綠窗朱户，十里爛銀鉤。一旦刀兵齊舉，旌旗擁、百萬貔貅。長驅入，歌樓舞榭，風捲落花愁。

清平三百載，典章文物，掃地俱休。幸此身未北，猶客南州。破鑑徐郎何在？空惆悵、相見無由。從今後，斷魂千里，夜夜岳陽樓。

這首詞寫完，她便了卻了一樁心事。放下筆後，她趁人不備，投入池中而死。

明代陶宗儀《輟耕錄》記載：「岳州徐君寶妻某氏，亦同時被擄來杭，居韓蘄王（韓世忠）府。自岳至杭，相從數千里，其主者數欲犯之，而終以計脫。蓋某氏有令姿，主者弗忍殺之也。一日主者怒甚，將即強焉。因告曰：『俟妾祭謝先夫，然後乃爲君婦不遲也。君奚怒哉！』主者喜諾。即嚴妝（盛妝）焚香，再拜默祝，南向飲泣，題

《滿庭芳》詞一闋於壁上，已，投大池中以死。」

除此之外，《太平廣記·卷六》還記有她的《霜天曉角·蛾眉亭》一闋。

雙巒鬥碧，寒玉雕秋壁。兩道凝螺天半，橫無限、青青色。

拍案濤聲急。似鼓臨邛瑟。窗下鏡臺鸞去，空留得、春山跡。

但這首詞的作者還存在爭議，也有說是明末清初的才女徐媛所作。

53. 太液芙蓉，渾不似、舊時顏色

王清惠

王清惠，字沖華，爲宋度宗昭儀。她在宋度宗還是皇太子時，就進入東宮，因長得窈窕秀美，又生性聰明，很受太子的寵愛。後來太子繼位，王清惠被任命爲內宮尚書省的執筆，協助度宗處理內廷文書。

她居於後宮之中，精通翰墨，工作出色，頗受度宗賞識，很是春風得意，有著「名播蘭簪妃后裡，暈潮蓮臉君王側」的快樂回憶。她所過的是不問世事、調脂弄粉的生活。深宮難免有寂寞之時，但也頗爲富貴悠閒，她爲昭儀，是九嬪之首，又很受寵愛，無人敢看輕她。她從來沒有想到，後來她竟然親身經歷了兵臨城下、山河破碎的苦楚。

德祐二年（1276）正月，元兵攻入臨安（今浙江省杭州市），臨安淪陷，南宋滅亡。三月，王清惠隨南宋皇室作俘北上。他們日夜被驅趕，歷經艱辛，行走了整整六十二天才到達元大都。

途經北宋時的都城汴梁夷山驛站時，王清惠深切地感受到亡國之痛，胸中氣血翻騰，再也忍不住，於是，她在驛站牆壁上題了首《滿江紅．太液芙蓉》。這是王清惠留下的唯一一首詞：

太液芙蓉，渾不似、舊時顏色。曾記得、春風雨露，玉樓金闕。名播蘭簪妃后裡，暈潮蓮臉君王側。忽一聲、鼙鼓揭天來，繁華歇。

龍虎散，風雲滅。千古恨，憑誰說。對山河百二，淚盈襟血。客館夜驚塵土夢，宮車曉碾關山月。問嫦娥、於我肯從容，同圓缺。

據說此詞數月後也被脅迫北行的謝太后看到，因而傳遍中原。文天祥、鄧光薦、汪元量等皆有詞相和。

到了大都之後，王清惠因爲她的身份與才華，便擔負起教育宋朝幼帝的責任。她隨著幼帝（後來被元削去帝號）從大都到上都，經居延、天山，又返回大都。她輾轉流離，受盡凌辱，達十年之久。

入元之後，一同被俘的宮廷樂師汪元量心懷故國，與王清惠等南宋舊宮人時常唱和。汪元量不僅是宮廷琴師，也是詩人、詞人。李玨跋汪元量所撰《湖山類稿》，稱他「亡國之戚，去國之苦，艱關愁歎之狀，備見於詩」，「亦宋亡之詩史」。其詩多慷慨悲歌，有故宮離黍之感。他作有一首《秋日酬王昭儀》：

愁到濃時酒自斟，挑燈看劍淚痕深。
黃金台愧少知己，碧玉調將空好音。
萬葉秋風孤館夢，一燈夜雨故鄉心。
庭前昨夜梧桐雨，勁氣蕭蕭入短襟。

而王清惠亦有贈詩《擣衣詩呈水雲》：

妾命薄如葉，流離萬里行。
燕塵燕塞外，愁坐聽衣聲。

在這亂世之中，即使是像王清惠這樣的才女也命薄如葉，隨波漂流，已距離故國萬里之遙，尚不知明日又將漂向何方。夜晚，她在北方塞外的煙塵之中，彷彿聽到江南水邊的擣衣之聲，種種愁緒，湧上心頭。

汪元量因琴技得到元人賞識。後來他請求南歸，也得到了元世祖的許可。因元人尊崇道教，於是汪元量出家爲道士，順利離開大都，回到江南。

臨行之前，王清惠等十八位舊宮人和他一起鼓琴飲酒，並吟詩作別，不數聲，哀音哽亂，淚下如雨。王清惠的詩爲《送水雲歸吳》：

朔風獵獵割人面，萬里歸人淚如霰。
江南江北路茫茫。粟酒千鍾爲君勸。

北風獵獵，如小刀一般刺著人的臉，也刺著人的心。想到故友歸去，雖是喜事，自己卻仍然羈留他鄉，禁不住墜下淚來。此次一別，江南江北，長路漫漫，於是只能殷勤舉杯，勸君更盡一杯酒。

她還作了一首《李陵台和水雲韻》，與汪元量唱和：

李陵臺上望，答子五言詩。
客路八千里，鄉心十二時。
孟勞欣已稅，區脱未相離。
忽報江南使，新來貢荔枝。

汪元量回到江南之後，王清惠還作有《秋夜寄水月水雲二昆玉》，寄了給他：

萬里倦行役，秋來瘦幾分。
因看河北月，忽憶海東雲。

身在異地，她時常愁腸百結，心懷故國，只好借酒澆愁，挑燈看劍，淚濕衣裳。某一個秋日的夜晚，她聽到落葉之聲，再看滿窗寒月，又起了思鄉之心，於是又寫下了一首詩：

愁到儂時酒自斟，挑燈看劍淚痕深。

黃金台迥少知己，碧玉調高空好音。
萬葉秋聲孤館夢，一窗寒月故鄉心。
庭前昨夜梧桐雨，勁氣瀟瀟入短襟。

後來王清惠自請爲女道士，號沖華。終其一生，她也沒有能回到魂牽夢繞的江南，回到自己心心念念的故鄉。

54. 還似遠山秋水際，夜來吹散一枝梅

王文淑

王文淑，臨川人，是北宋著名文學家、政治家王安石的妹妹。王安石自己才華橫溢，學富五車，詩詞文俱精，他的家族裡也是滿門才女，他的妻子、妹妹、女兒、侄女均善於作詩。

北宋人魏泰《臨漢隱居詩話》稱：「近世婦女多能詩，往往有臻古人者。王荊公家最眾。」他稱讚王安石的妻子吳氏、妹妹張奎妻、女兒吳安持妻、侄女劉天保妻能文工詩，佳句頗多，「皆脫灑可喜」。而其中，妹妹張奎妻即王文淑的才華顯得尤爲突出，被認爲「荊公之妹佳句最多」。

《隱居詩話》還認爲，王安石的名句「草草杯盤供笑語，昏昏燈火話平生」，其實是王文淑的作品。但是王家滿門才女，卻沒有幾首詩詞流傳下來，就連最爲出色的王文淑，流傳下來的作品也只有寥寥幾首，實在可惜。

王文淑從小就工詩善書，強記博聞，明辨敏達，聰慧過人。到了十四歲那年，她遵從父親的意思，嫁給了尚書侍郎張奎，封「長安縣君」。

在閨中之時，她也是個活潑可人的少女。她曾經見到親族婦女用白羅帶子繫頭，那新裁的白羅帶子如雪一般潔白，繫在烏雲一般的頭髮上，而繫帶子的那根飾品也十分精緻，彷彿明淨水畔的一枝梅花。於是，她隨手作了一首詩《戲詠白羅繫髻》，十分輕快生動：

香羅如雪縷新裁，惹住烏雲不放回。
還似遠山秋水際，夜來吹散一枝梅。

據《閨秀正始集》載，王文淑的丈夫是與她不相匹配的。其夫好賭博，以至於傾家蕩產。黎平有富家子見王文淑貌美而有才，便誘使她的丈夫賣掉妻子以抵債。丈夫居然眞的同意了。

王文淑外柔內剛，堅決不從，並以刀毀面，才未被富家子買去。如此一來，她與丈夫便徹底決裂了，於是回了娘家。以王安石這樣的家世，都不能庇佑自己的妹妹，可見當時女子命運之悲慘無奈。

王安石二女兒嫁給宰相吳充之子吳安持爲妻，誥封「蓬萊縣君」，也善寫詩詞，多有佳句。其《寄父》詩云：

西風吹入小窗紗，秋氣應憐我憶家。
極目江山千里恨，依然和淚看黃花。

她婚姻不幸，淚眼看花，寫詩給父親訴說自己的遭遇。然而王安石亦是無可奈何，古時女子出嫁從夫，就連父親也無權干涉。王安石於是送給女兒一本《楞嚴經新釋》，勸她「能了諸緣如夢幻」，以一種消極避世的方式，來對待自己的不幸命運。

但王文淑對丈夫始終念有舊情。丈夫死後，無人收屍，文淑仍收其屍葬之。她曾寫有一首述志詩慨歎自己的不幸命運：

人生爲女子，締緣有定分。
盛衰不可逾，持躬貴淑愼，

奈何林下賢，亦抱王郎慍。

神宗元豐三年（1080）王文淑去逝，時年五十六歲。

55. 本是好姻緣，又怕姻緣假

羅惜惜

羅惜惜是一位生在南宋理宗端平年間（1234—1236）的浙東女子。她生性靈慧，父母疼愛她，便把她送到鄰家，讓她跟鄰家少年一起讀書。因此羅惜惜長大之後，博覽群書，擅長詩文。

鄰居少年名喚張幼謙，巧的是他和羅惜惜是同年同月同日生。兩人一起讀書識字，一起玩耍嬉戲，青梅竹馬，兩小無猜，漸漸彼此都產生了情愫。兩家父母也知情，覺得正是天造地設的一對，於是到了兩人十四歲那年，兩家父母便爲他們定了親。

定了親之後，兩人都非常歡喜。他們經常在一棵石榴樹下約會，細細訴說彼此總也說不完的心事，可謂「酒逢知己千杯少，話不投機半句多」。可是有一天，羅惜惜突然再也沒有來和張幼謙約會了。

張幼謙望穿秋水，相思難耐，於是寫了一首《一剪梅》派人送給她，向她吐露心意，希望能早點娶她過門。他認爲，兩人同年同月同日生又是同窗，同學同玩，一同長大，如此緣分，太是難得，希望兩人能早日成雙入對，成一對佳侶：

同年同月又同窗，不似鸞凰，誰似鸞凰？石榴樹下事匆忙，驚散鴛鴦，拆散鴛鴦。
同年不到讀書堂，教不思量，怎不思量？朝朝暮暮只燒香，有份成雙，願早成雙。

結果詞送出之後，還是杳無音訊。張幼謙憂心忡忡，反復思量之後，折了一枝梅花，又寫了一首詩，連梅花帶詩，都寄了給她，訴說自己的相思之情：

昔人一別恨悠悠，猶托梅花寄隴頭。
咫尺花開君不見，有人獨自對花愁。

寄予梅花，代表的也就是思念之情。羅惜惜看了之後，心中感動。她其實也很思念情郎，於是暗地裡捎給張幼謙十枚金錢和一粒通體紅亮的相思子，以表示她的相思之意。張幼謙大喜，又寫了一首詩給她：

一朝不見似三秋，眞個三秋愁不愁？
金錢難買尊前笑，一粒相思死不休。

見兒子被相思折磨得不成樣子，張家父母便親自去羅家商量兩人的婚事，結果終於知道了羅惜惜一反常態的原因。原來，羅家父母自從定親之後，越來越不滿意張家的家世，認爲羅惜惜可以有更好的選擇。他們提出要求，除非張幼謙高中進士並出仕做官，否則不會把羅惜惜嫁給他。

張幼謙知道張家父母的心意之後，便開始極其刻苦地攻讀，指望著能一舉高中，迎娶羅惜惜。不久他出門會考，自覺考得不錯，高高興興地回來，結果得知了一個噩耗：羅惜惜父母已經接受了另一辛姓人家的聘禮了，打算把惜惜嫁給辛家。

張幼謙心中大恨，氣得幾乎吐血，作了一首《長相思》給羅惜惜：

天有神，地有神。海誓山盟字字眞，如今墨尚新。
過一春，又一春。不解金錢變作銀，如何忘卻人。

羅惜惜看了後，再也按捺不住心中對愛情的渴望了，於是又開始偷偷地和張幼謙約會。羅惜惜家後花園的一堵牆邊，種了很多山茶樹，張幼謙在牆那邊可以抓住山茶樹的枝葉攀爬到牆上，然後羅惜惜在牆這邊放了一個竹梯子，方便張幼謙下來。

他們已經許久未見。見了面後，羅惜惜歡喜不已，賦了一首《卜算子》，傾吐自己的相思之情：

幸得那人歸，怎便教來也？一日相思十二辰，眞是情難捨！
本是好姻緣，又怕姻緣假。若是教隨別個人，相見黃泉下。

張幼謙心中狂喜，即和了她一首《卜算子》，以表眞心：

去時不由人，歸怎由人也。羅帶同心結到成，底事教拼捨。
心是十分眞，情沒些兒假。若道歸遲打掉篦，甘受三千下。

兩人相擁而泣，山盟海誓，發誓再也不分離。可惜半個月後，他們的約會被羅惜惜的父母發覺了。羅父竟將張幼謙扭送到衙門去，告他勾引自己的女兒。羅惜惜羞憤交加，便要跳井自殺，所幸被家人攔住。

正鬧作一團的時候，忽然傳來捷報，張幼謙考中了進士。於是，縣令親自做主，判決兩人成婚。羅惜惜的父母見張幼謙果然中舉了，也只能遵守承諾，把女兒嫁給了張幼謙。一對有情人終成眷屬。

56.窗前竹葉，凜凜狂風折

張淑芳

張淑芳，南宋末期人，出身寒微，爲西湖樵夫之女。她生得極其美貌，如湖上初發芙蓉，瑩潔明麗，風神飄逸，因此在宋理宗全國大選宮嬪時被選中，被帶去了南宋都城臨安（今浙江省杭州市）。

張淑芳實在是容色照人，見到她的人沒有一個不被她的美貌所傾倒的。奸臣賈似道見到之後，更是魂不守舍，便想將她據爲己有。於是，賈似道悄悄地把她帶到自己的府邸，並納她爲妾。

張淑芳不僅美貌，而且多才，善寫詩詞。賈似道如獲至寶，對張淑芳十分寵愛。但張淑芳並不是一般的女子，她除了擁有如花容顏與過人才華，還具有出衆的見識。早在民間之時，她就曾聽說賈似道的惡行，對他極爲憎恨，不過虛與委蛇而已。她又見山河飄搖，岌岌可危，感到南宋氣數將盡，奸臣必亡，於是暗自打算，悄悄地在五雲山下的九溪塢置了別墅，為自己留了一個退路。

果然，宋理宗「山外青山樓外樓，西湖歌舞幾時休」的奢侈生活並沒有持續太久。咸淳九年（1273），襄陽陷落。德祐元年（1275），賈似道被朝廷派遣率精兵十三萬出師迎戰於丁家洲（今天安徽銅陵東北江中），結果水陸兩軍皆敗。賈似道乘單舟逃奔至揚州。群臣請誅，賈似道被朝廷抄家，並被貶為高州團練副使，循州安置。

監押賈似道的使臣叫鄭虎臣。他早就對賈似道恨之入骨。行至漳州木棉庵時，鄭虎臣悄悄動手，手起刀落，將奸臣賈似道殺死。百姓知道後，無不拍手稱快。

賈似道死後，鄭虎臣並沒有為難他的家人，而是遣散了他眾多的侍妾，讓她們自行返回娘家，過上平凡人的生活。張淑芳早已無家可歸，便趁此時奔赴自己早已準備好的九溪塢別墅，並削髮為尼，過起了與世隔絕的清靜生活。

張淑芳擅長作小詞，在風景優美的九溪塢畔，她寫下了不少佳作，如今留存詞三首，收錄於《古今詞話．詞話．卷上》，寥寥數語，記錄了她後半生的寧靜與孤獨。

山中清幽安靜，這是她在奸臣府邸時夢想過無數次的自由自在的生活，她終於可以在這大山之中自由呼吸，感到無拘無束的快樂。在山前散步，聞到春天的嫩草散發出來的芬芳，看到紅闌下一池青青春水。時不時有花兒墜落在繡著花兒的衣服上，哪些是繡的花兒，哪些是眞的花兒，都快分辨不出來了。她寫下了一首《浣溪沙》：

散步山前春草香，朱闌綠水繞吟廊。花枝驚墮繡衣裳。
或定或搖江上柳，爲鸞爲鳳月中篁。爲誰掩抑鎖芸窗。

然而，獨居的生活到底是淒涼的。春去秋來，秋風瑟瑟，她很快感到了孤獨。青燈古佛，淒風冷雨，長夜漫漫，最難將息。她寫下了一首《更漏子》：

墨痕香，紅蠟淚，點點愁人離思。桐葉落，蓼花殘，雁聲天外寒。
五雲嶺，九溪塢，待到秋來更苦。風淅淅，水淙淙，不教蓬徑通。

到了冬天，雪花漫天，萬物蕭瑟，更感淒涼，夜裡也是輾轉難眠。狂風把窗前的竹葉都給吹斷了，而自己身著寒衣，怯弱不堪，只能靜靜等待春天的來臨。只有一盞孤燈靜靜照耀，帶來些許光明，讓她一字一淚地吟誦著詩詞，只有梅花知道她心中的痛苦，散發出馥郁的芳香來安慰她。她把這些感觸，都記錄在了這首《滿路花》中：

羅襟濕未乾，又是淒涼雪。欲睡難成寐、音書絕。窗前竹葉，凜凜狂風折。寒衣弱不勝，有甚遙腸，望到春來時節。

孤燈獨照，字字吟成血。僅梅花知苦、香來接。離愁萬種，提起心頭切。比霜風更烈。瘦似枯枝，待何人與分說。

但在那個風雨飄搖的年代，張淑芳能夠以膽識與智慧，給自己妥善安排一處安身之所，得以善終，已經是最好的結局了。

57. 風前月下，花時永晝，灑淚何言

譚意哥

譚意哥，南宋人，出身寒微，爲樵夫之女。她小名英奴，自幼就父母雙亡，流落到長沙，被一個姓張的篋匠所收養。十歲那年，英奴被賣到了青樓。老鴇見她聰明伶俐，於是悉心調教。

英奴本就靈慧，再加上勤奮練習，長大之後，出落成一位琴棋書畫、詩詞歌舞無所不會的才女。她的名氣越來越大，很快就成了紅極一時的官妓。同時她也改了個名字，叫譚意哥。

譚意哥生得冰肌玉骨，天生麗質難自棄，她每日都精心裝扮，妝容甚濃。有一日，在客宴上，有個叫蔣田的官員指著譚意哥的臉嘲笑道：「冬瓜霜後頻添粉。」這自然是嘲笑譚意哥的濃妝了。譚意哥微微一笑，拉著蔣田的官服袖子回敬道：「木棗秋來也著緋。」宋代四五品官員，是可以穿朱紅色的衣服的。蔣田聽後，不由得暗暗佩服譚意哥

的伶俐機敏。

又有一日，長沙有個姓魏的諫議大夫約了譚意哥一行人去嶽麓山遊玩。嶽麓山上綠意盈盈，山風吹枝葉，青蘿拂衣裳，眾人胸懷都爲之一暢，心曠神怡。諫議大夫興之所至，開口吟道：「朱衣吏引登青障。」譚意哥應聲而答：「紅袖人扶下白雲。」對仗十分工整，且意境超逸，眾人紛紛讚歎。

當時有位姓劉的宰相鎮守長沙時，也曾帶上譚意哥去嶽麓山觀光。在望山亭，譚意哥四望青青，古木森森，又想起嶽麓山上諸多瑰豔傳說，於是即興吟了一首詩：

眞仙去後已千載，此構危亭四望賒。
靈跡幾迷三島路，憑高空想五雲車。
清猿嘯月千岩曉，古木吟風一徑斜。
鶴駕何時還古里，江城應少舊人家。

劉宰相聽後大爲讚賞，贊她簡直是一「詩妖」，說完便問起意哥的身世來。意哥毫不隱瞞地向他訴說了自己悲涼孤苦的身世。劉宰相對於意哥的遭遇，也感到十分同情和惋惜，於是問她想不想從良。意哥感到萬分欣喜，立即請求劉宰相幫自己脫離妓籍從良，劉宰相欣然答應。從此，譚意哥不再爲官妓了。

這時有一個叫張正字的人任職潭州茶官，與譚意哥偶然邂逅，一見鍾情。於是兩人在一起生活了兩年，情深意切，海誓山盟，彷彿一對眞正的夫妻。

有一天，張正字因調動官職，要回到京師裡去做官。這天，譚意哥憂心忡忡地爲張正字餞行。張正字知道譚意哥的心意，對她表示，自己會對她始終如一，不離不棄。譚意哥相信了。

張正字走後，譚意哥才發現自己已經懷孕了，但她只能待在家中，等待著張正字的歸來。兩人分隔兩地，也只能靠書信來互訴衷腸了。

轉眼已是暮春時節，春風和煦。清明節過後，遍地落花，已不見昔日繁花似錦的盛景，好不淒涼。她想起當年花前月下的濃情蜜意，禁不住灑下淚來，在思念之中寫下了一首《極相思令》，寄給了張正字：

湘東最是得春先，和氣暖如綿。清明過了，殘花巷陌，猶見秋千。
對景感時情緒亂，這密意、翠羽空傳。風前月下，花時永晝，灑淚何言。

她並沒有得到張正字的回覆，秋去春來，又是一年。她看到燕子歸來，梨花滿院，而良人還不歸來。於是又寫下了一首《長相思令》：

舊燕初歸，梨花滿院，迤邐天氣融和。新晴巷陌，是處輕車駿馬，禊飲笙歌。舊賞人非，對佳時、一向樂少愁多。遠意沉沉，幽閨獨自顰蛾。

正消黯、無言自感，憑高遠意，空寄煙波。從來美事，因甚天教，兩處多磨。開懷強笑，向新來、寬卻衣羅。似恁他、人怪憔悴，甘心總爲伊呵。

她仍然得不到張正字的任何回覆，他是一去之後杳無音訊了。意哥終究寂寞難抵，於是又寫了一封信，並附上《寄張正字》詩一首寄予他：

瀟湘江上探春回，消盡寒冰落盡梅。

願得兒夫似春色，一年一度一歸來。

結果依舊是無聲無息。譚意哥只是含辛茹苦地閉門養子而已。直到後來，她終於得知了事情的眞相。

其實此時的張正字，已經娶了一位孫姓的小姐爲妻了。孫家高門大戶，對他的仕途自然大有好處。他早已把譚意哥拋諸腦後，過起了自己的小日子，就像從來沒有遇到過她一樣。

意哥這才意識到自己眞的是被拋棄了。於是，她又寄去一封信，信中悲戚纏綿。但無論她如何傷心，張正字已經不會回來了。她只能獨自帶著孩子艱難度日，寂寞餘生，爾後黯然離世。

58. 滿階芳草綠，一片杏花香

劉彤

劉彤，字文美，北宋江寧（今江蘇省南京市）人，章文虎之妻。清代馮金伯所著《詞苑萃編・卷二十四》記載：「江寧章文虎，其妻劉氏名彤，文美其字也，工詩詞。」

章文虎是一名秀才，常年做官在外，所以夫妻難以團聚。寂寞的妻子多情又多才，便常常寫詩作詞以抒發心志。

有一天，劉彤寫有一首《臨江仙》詞寄給章文虎：

千里長安名利客，輕離輕散尋常。難禁三月好風光，滿階芳草綠，一片杏花香。

記得年時臨上馬，看人淚眼汪汪。如今不忍更思量，恨無千日酒，空斷九迴腸。

丈夫爲了追名逐利，做官在外，輕言別離。劉彤獨自一人守在閨房。而如今到了陽春三月，風光旖旎，滿階芳草，杏花生香。她不由得想起當年分別上馬之時，二人依依不捨，執手相看淚眼，竟無語凝噎的場景。而如今再也不忍心多想別離場景，只歎息沒有千日一醉的酒讓她逃脫這現實的煩惱，這煩惱已讓她柔腸寸斷，飽受相思之苦。這首詞委婉纏綿，含蓄蘊藉，感染力極強。

章文虎收到詞後，非常讚賞妻子的才氣，於是拿給身邊的朋友看，四處炫耀他有這麼一個才華出眾的妻子。眾人都是稱賞不已，章文虎極爲得意。

劉彤知道後，又好氣又好笑，又給丈夫寄去兩首題爲《寄外》的詩：

碧紗窗外一聲蟬，牽斷愁腸懶盡眠。
千里才郎歸未得，無言空撥玉粘煙。
畫扇停揮白日長，清風細細襲羅裳。
女重來報新簪熟，安得良人共一觴。

詩後，她還附上了幾行文字，說：「向日寄去詩曲，非敢為工，蓋欲道衷腸萬一耳。何不掩惡，輒示他人，適足取笑文虎也。本不復作，然意有所感，不能自已，小詩草二章四句奉寄。」

她的意思是，之前寄去詩詞給丈夫，並不是為了顯示自己的才華，而是為了對丈夫一訴衷腸，而詩中的情意，還不及本人思念之情的萬分之一。而丈夫卻輕易把自己並不認為好的詩詞拿給人看，這不是招人取笑嗎？因為丈夫的舉動，她本來不想再作詩詞了，卻無法控制自己的感情，又寫下了兩首小詩寄給丈夫，希望丈夫明白自己的一片苦心。

59. 好是一時豔，本無千歲期

謝希孟

謝希孟，字母儀，北宋女詩人，她才華卓著，著有《女郎謝希孟集》二卷，並和哥哥謝伯景合著有《謝氏詩集》。但可惜的是，她的作品大量散佚，只有一首詩和幾章殘句收集在《全宋詩》中傳世。

謝希孟只活了短短二十四年。她的生平事蹟也語焉不詳，但她的才華在這些少量存世的作品中熠熠生光，不可忽視。

謝希孟出身縉紳世家，自其高祖父謝瑫，至其父謝徽，兄弟謝伯初、謝伯景、謝伯強，都是進士，並且都還是詩人和文學家。她的母親呂氏也出身名門，精通文墨。在這樣的環境中長大，謝希孟耳濡目染，自然成爲了一名飽讀詩書的書香才女。而她也喜好寫詩，筆耕不輟，小小年紀，便已積下厚厚一疊詩稿。她心思玲瓏且靈巧，庭院裡的花開花落，雲捲雲舒，夕陽晚霞，夜空流螢，一切細微但美好的感觸，都能在她筆下綻放成一首又一首秀麗小詩。

謝希孟的哥哥謝伯景是歐陽修的好友至交，他對妹妹的才華欣賞備至，一直為妹妹的文才而驕傲，但他也知道深閨女子難以像男子一樣以詩揚名，為此感到遺憾。他不忍妹妹的才華就此湮沒，很希望能幫妹妹出版詩集，讓她也像班昭、謝道韞那樣成為流芳後世的一代才女。而謝希孟也對自己的詩文珍愛有加，每首作品都仔細保存著，並從中精選了一百多首詩，編選成一本集子，交給了哥哥謝伯景。

但沒有等到詩集出版，謝希孟就去逝了。去逝的原因典籍裡也沒有記載，也許是病逝。她是否嫁人，是否生子，是否滿懷著對這個世界的不捨，這些都已經成了謎。

但謝伯景在悲痛之餘，更加堅定了為妹妹出版詩集的想法，並決定找一位在當時的文壇舉足輕重的人物來為詩集作序。

某一年，歐陽修到河南許昌拜訪謝伯景，謝伯景心中大喜。歐陽修是當時的文壇宗主，如果謝希孟的詩得到他的稱讚和推薦，豈不是真的能揚名天下了？於是謝伯景拿出妹妹謝希孟多年來選輯的詩集出示給歐陽修看，並且說明了想邀請他寫序的想法，希望能夠得到他的支持。

歐陽修不看尤可，一看之後讚不絕口，但覺餘香滿口。他欣然提筆寫下了《謝氏詩序》。在序中，歐陽修把謝希孟比作春秋時期傑出的女詩人衛國莊姜和許國穆夫人，他如此評價她的詩歌：「希孟之詩，尤隱約深厚，守禮而不自放，有古幽閒淑女之風，非特婦女之能言者也。」歐陽修並不輕易稱讚人，他如此肯定謝希孟，可見當時那些清麗詩句，的確給了歐陽修很大的震撼。雖然詩中多詠身邊之草木，但端雅秀致，深婉大氣，不落窠臼，並不是一般閨中女子的溫香軟語。因此歐陽修贊她「非特婦女之能言者也」。

可惜謝希孟已經離世，再也不能親耳聽到大文豪對她的贊許。但她生前對自己顯然是非常自信的。她曾道：「英靈之氣，不鍾於世之男子，而鍾於婦人。」堅信女性有不輸於男子的才氣與靈氣。

歐陽修寫序的時候，謝希孟早已不在人世。因此，他的筆觸於發現傑出詩才的欣喜之餘又帶了幾分沉重：「然景山嘗從今世賢豪者遊，故得聞於當時，而希孟不幸爲女子，莫自彰顯於世，昔莊姜、許穆夫人錄於仲尼，而列於『國風』，今有傑然巨人，能輕重時人而取信於世者，一爲希孟重之，其不泯沒矣。予固力不足者，復何爲哉！復何爲哉！」歐陽修拿謝希孟的哥哥與她相比，謝家哥哥才學出眾，但因爲是男子，能夠出門和當今才子們遊玩交流，有著較爲廣闊的天地和視野，他的詩名得以彰顯於世。而謝希孟不幸是個女子，無法拋頭露面，去展露自己的才華。這樣的才女，就這樣埋沒，實在是太遺憾了。

雖然哥哥謝伯景費盡心思爲她詩集的出版奔走，又請動歐陽修爲她撰寫書序，但是謝希孟的詩集，還是沒有像她和她的哥哥所希望的那樣流傳下來，當時詩集裡的一百多首詩，到現在已經難覓蹤跡。她唯一傳世的一首完整的詩是《芍藥》，以鮮花喻人生，深婉有思致：

好是一時豔，本無千歲期。
所以謔相贈，載之在聲詩。

這首詩贏得了後人的一致認可。鍾惺贊道：「沉靜古湛，清輝娛人。」陸昶贊道：「意致隱約，別有古秀之氣。」

她還留下了《牡丹》、《薔薇》、《躑躅》、《凌霄》、《朱槿》、《曼陀羅花》、《蝴蝶花》等七首五古殘句。如《牡丹》曰：「爲花雖可期，論德亦終鮮。」《薔薇》曰：「勾牽主人衣，一步行不得。」《躑躅》曰：「薰薰麝臍裂，灼灼猩血般。」《淩霄》曰：「樹既摧爲薪，花亦落爲塵。」《曼陀羅花》曰：「盜者得其便，掉頭笑且歌。」《朱槿》曰：「豔陽一時好，零落千載冤。」《櫻桃》曰：「谷雨櫻桃落，薰風柳帶斜。舜弦新曲在，休唱後庭花。」

國家圖書館出版品預行編目資料

唐宋才女詩詞小傳 / 張覓著. -- 1版. -- 新北市： 華夏出版有限公司, 2022.01

面； 公分. --（Sunny文庫；196）

ISBN 978-986-0799-62-0（平裝）

1.女性 2.唐詩 3.詩評

820.9104 110017507

Sunny 文庫 196

唐宋才女詩詞小傳

著 作 張覓
印 刷 百通科技股份有限公司
電話：02-86926066 傳眞：02-86926016
出 版 華夏出版有限公司
220 新北市板橋區縣民大道 3 段 93 巷 30 弄 25 號 1 樓
電話：02-32343788 傳眞：02-22234544
E-mail pftwsdom@ms7.hinet.net
總 經 銷 貿騰發賣股份有限公司
新北市 235 中和區立德街 136 號 6 樓
電話：02-82275988 傳眞：02-82275989
網址：www.namode.com
版 次 2022 年 1 月 1 版
特 價 新台幣 450 元 （缺頁或破損的書，請寄回更換）

ISBN13：978-986-0799-62-0

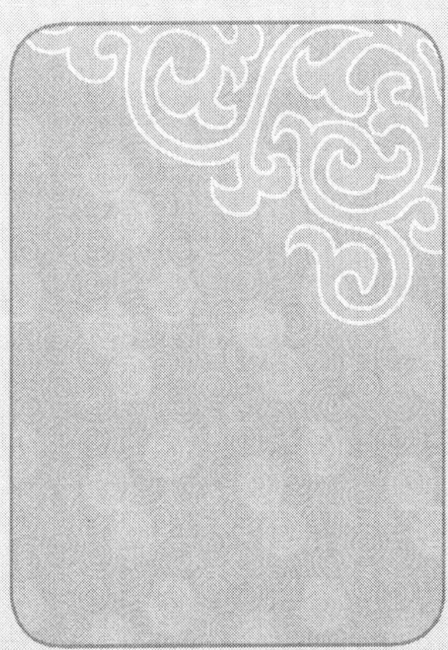